中國抗戰文藝史

認識大陸作家系列

藍海・著

編輯說明

本次出版《中國抗戰文藝史》依據一九四七年九月上海現代出版社初版本印行。為研究者提供相關資料，特在書後增加了附錄一：修訂再版後記；附錄二：田仲濟傳略；附錄三：書與人介紹文章一篇。

目錄

二、抗戰文藝的動態和動向

三、通俗文藝與新型文藝

四、長足進展的報告文學

七、在建立途中的詩歌

八、文藝理論的發展

緒論　英雄時代之再生

一

在一本高爾基社會論文集的封面上，題名為「為了人類」。這是很恰當的，高爾基是以一個社會戰士的資格為人類戰鬥。除了社會論文，他的其他的所有的寫作，也都是為增進人類的幸福而創作的。不獨高爾基，凡是具有正義感的作家們的作品都是為了人類。這理由是簡單的，就是因為我們是人，除了為了人類以外，是不應該有另外的任何道德標準的。

望・藹覃在《小約翰》中寫蟋蟀的情形說，他們知識的標準只要熟悉二十六個沙崗和兩個池。凡有較遠的，就沒有人知道一點點。學校裡的教師說，凡講起這些的，不過是一種幻想罷了。它們把動物區分為跳的飛的和爬的三種，蟋蟀能跳和飛，就站在最高位；其次是蝦蟆。鳥類被用種種憤激的表示，說為最大的禍害和危險。人類則是一種大的無用而有害的動物，是站在進化的很低的階級上的。這種區分，站在蟋蟀族的立場上也是對的，無可非議的，因為這是為了蟋蟀的蟋蟀的話。因此，當肥胖的鬼菌和紅得像烏莓的捕蠅菌爭誰最美麗時，小約翰說他們都是有毒的，又怎能不使他們吃驚而猜疑小約翰是人呢？因為他說出了人話，在菌類是不計較有毒與無毒，只有吃它們的人類才注意這一點。屬於人類的文學，應當為了人類，說人話，辨認它是否有毒，是再簡單不過的道理了。但是這道理在今天是仍然需要提出的。法西斯的血腥已玷污了一切，就是最簡單的真理也需要再加以刮磨的功夫。在法西斯德日氣焰高漲的時期，偉大的誠實的作家，如路易・稜等，被關在監牢裡，集中營中，或驅逐到國外。一切都被剝奪，工作室被搗毀，著作物被燒毀，完全失掉和自己同胞談話的自由。而另外一群被他豢養的鷹犬，如鄧南遮、林房雄、菊池寬之流，則在歌頌主子的血行是宣揚文化，傳佈王道，謳歌「轟炸怪有趣的」。於是人類的意識屈服於或蛻化為横暴者的意識，原屬於大多數人類的文學被摧殘，被毀滅，而他們且拉了文學的外衣，遮掩他們欺騙與虐殺人類的醜行。這些算不得文學，他們是在毀滅文學，毀滅文化，更進而毀滅人類，這加重了為人類幸福而奮鬥的文藝工作者的任務。

一九三四年莫斯科舉行的全蘇聯作家大會中萊奧諾夫曾說：

> 我們正享受著生活在世界史最英雄時期的最高幸福。我所以重複說這一句在這裡已經說過的話，並不僅僅因為重複在修辭學上是最有力的形式，也是因為在這嚴肅的時日裡，從這演說台上所發出的一切演說中，這句話是最本質的前提。這裡，發生了我們的義務、權利、光榮、困難以及我們終於要把它克服的未來的人們的歡喜。當然，無論在任何一個時代，文學者從沒有一次擔負過

像現在這樣值得尊敬的崇高的責任。我們的基本工作，是借深銘心版的形象，描寫思想的大激動，即使是粗糙也好，完成新道德的原則，而記錄出從不曾有過的世界的誕生。我們的年齡使我們期待自己還將成為一個更巨大事件的目擊者。無疑現代是人類有史以來全時代中最充實的歷史時期，在我們眼前，新的蘇維埃共和國在形成，在大雷雨大風暴中，殖民地國家的自覺驚醒了，人類共同生活正創造著更趨完善的形態。

如同蘇聯一樣，我們目前也正在享受著生活在世界史最英雄時期的最高幸福。這是最困苦的時代，也是最偉大的時代。這裡，有我們的義務、權利、光榮以及許許多多等待去克服的困難，等待去接受的榮譽。這不但是一個民族的翻身與永劫的轉捩點，也是整個人類邁進光明或黑暗的發軔期。在不久的過去，擺在我們面前的，曾經是不是生存便是滅亡，不是勝利便是屈服，不被侵略者消滅，便得消滅侵略者。整個的世界上整個人類也都在為了本身的生存和文化的延續向法西斯的匪幫們作殊死戰。如今戰爭雖勝利地結束，這任務卻還未全部完成。因為人類的和平仍然時刻受著戰爭的威脅，一些野心家們已在佈置新的屠殺。今天的文藝工作者應當肩負起他們的使命，為了拯救人類，為了拯救文化而貢獻出所有的一切。無論在任何時代，文藝工作者從沒有一次擔負過像現在這樣值得尊敬的崇高的任務。為了自己，為了人類，作者們是應當好好完成這任務的。這任務不是納粹匪幫們的應聲蟲所能擔負起，他們是什麼也寫不出來的。

二

空前的時代產生空前的英雄。如今，時代是一個英雄的時代，文藝上也應是一個英雄的時代！

人雖然是依著時代的動向而前進，但絕不是完全機械地被動的，人亦推動時代使前進得更快些；人的活動固然受環境的限制，然而人的主觀的努力也可以改變環境。人是時代舞台的主角，寫人怎麼在時代中鬥爭，就是反映了時代。我們應當從各種各樣的活動中去表現時代的面目。

固然時代創造了人物，事業卻是成功在人物的手裡，只有通過人物，才能看清時代，認識時代。離開人物，便無論什麼東西都無法理解。

我們民族的力量怎樣像百川朝海似的從各自不同的「源」和「流」而滙到當前的大事業：抗戰建國。這是我們現在應該寫的東西，非寫不可的東西。而且應該以這為圓心，去攝納我們這時代的森羅萬象。但這仍舊可以從人的活動來表現，來反映。我以為還是應該把人當人——時代舞台的主角——而不要把他們當做材料。

時代是人類創造的，就是輝煌的金字塔，也是一手一足的勞績砌成的。沒有人，便也沒有一切。福斯脫說：

在現代小說中，英雄和惡棍都已滅亡。個性已不再存在，剩下來的只是黏貼在顯微鏡的玻璃片上的紅色碎屑。這種碎屑往往是很奇異的，有趣的或者美麗的，可是它們並非活生生的男女。跟著個性的毀滅——被一般的環境中的一般個人，或者被在意識的一部分中機械地隔離開來的個性的一面所代替，也毀滅了小說的結構，毀滅了它們史詩的性質。

接著他又說：

我們應當創造的新寫實主義，一定負起布爾喬亞寫實主義所未完成的任務。它決不是寫那種只是消極的批評，或者和那只是個人不合的社會絕望地鬥爭著的人們，卻是寫那些正在努力著改造他們的環境，支配生活，順著歷史的潮流，而且能夠控制自己命運的人們。這就是說，英雄必須重新回到小說中來，和它一道的，應該是它的史詩性質。

這話也可以拿來批評中國的抗戰文藝。

我們的抗戰文藝中固然也描寫了壯烈的場面，刻畫了英勇的故事。我們有英雄，也有惡棍。「新的人民領導者的典型開始產生了，和過去完全不同的軍人性格產生了，肩負著這個時代的阿脫拉斯型的人民的雄姿，在開始逐漸地出現。」另一方面也有了「新的人民欺騙者，新的抗戰官僚，新的發國難財的主戰派，新的賣狗皮膏藥的宣傳家」。但這些還不夠，因為多半好似「黏貼在顯微鏡的玻璃片上的紅色碎屑」，只美麗有趣，並非活生生的男女。「跟著個性的毀滅」，「也毀滅了小說的結構，毀滅了它的史詩性質」。他們多半以概念的類型的姿態而出現。

和時代配合的作品，必須是時代的紀念碑。如格拉特珂夫批評蘇聯文學的情形一樣：

武斷地說我們作品中沒有指導性的形象，是不正確的；甚且，在任何一本作品中都生動地活躍著肯定人物的形象。但是他們為什麼容易被人忘掉，為什麼他那末貧血，沒有像柏扎洛夫、羅亭、折爾卡士、福馬•歌籍葉夫、普拉東•卡泰艾夫那樣的容量？

萊奧諾夫說：

在我們的小小的懷中鏡裡，並沒有攝進現代的中心的主人公。但我們都很知道他，新世界的主人，偉大的計畫者，我們星球的未來的幾何學者已經出現了。由於他的思想的豐富和企圖的寬闊，他已和魯濱孫、吉訶德、裴加羅、哈孟雷特、倍士霍夫、奧齊波斯、福馬・歌籍葉夫、拉法爾、凡倫丁等等一樣成為人類典型的世界星座的完全的一員。我們很了解他——我們爬著梯子研究過他的一切特質，撫摩過這個新的格里佛。其次，我們正把他從地上化（這一點也是他最主要的力！）現實化，把無力把握活的有血有肉的他的主要特性的各個性質加以理想化。

這也是我們目前的缺陷和今後應努力的方向。八年的抗戰雖然我們有了張老師、黃老師（《國家至上》中人物），有了三官（《鴨嘴澇》中農民主人公），有了羅三爺、徐明健、黃團附（《新水滸》中人物），有了葉映暉（《母愛》中人物），有了丁大夫、梁專員（《蛻變》中人物），但不獨比起以上所舉的人物相形見絀，就是較蘇聯革命產生出的《鐵流》、《毀滅》、《一周間》、《十月》、《夏伯陽》、《士敏土》等中所成就的也尚愧弗如。所以如何寫出新時代的英雄，是作者當前唯一的課題。對於這些為時代所創造出的特出的性格要深刻地觀察他們，必須瞭解他們整個的生命，怎樣的生活，怎樣的悲愁；更必須把這些形象極度濃厚化，把它們生命的火點燃起來，作為我們時代前驅的擔當者而出現。

過去曾有不少劃時代的作品給我們創造了比歷史上或當時的人物更活生生的英雄，這些人物千百年來即生活在民間，為每個婦孺所熟知，也為每個婦孺所愛戴。他們對於這些人物比自己的親戚鄰里還熟悉，連音容笑貌，以及每件動人的故事，都能繪聲繪影，津津而談。關羽、岳飛、諸葛孔明、宋江、李逵、張飛、武松等，是其中較為顯著的。儘管是一些絕對不同的性格，他們卻無礙於同時存在著，每個人物的行動和思想也都能影響他的崇拜者：他影響他們的思想，他影響他們的生活。在今天，我們正需要創造這樣的人物，即便不能高出於這些以上，也要同樣的活生生地活在民間。說這要求太苛刻嗎？在討論中國革命為什麼沒有偉大的作品產生時，曾有人舉出了種種理由，說還應當耐心等待，但時代的巨浪必然地要把過去的痕跡沖淡，眼看著希望是愈等待愈渺茫了。八年的戰爭，是一個長期的戰爭，許多長篇巨著已不斷地在戰爭中孕育，也在戰爭中生產出來了，這證明作家並不是絕對沒有裕如的時間去思索去創作，以產生他的鴻製，那麼，從現在我們就開始期待紀念碑性的作品的出現並非太苛了。事實上，我們一個技術和生產落後的國家，已令人難以置信的憑著血肉和一個近代化的帝國主義的國家搏鬥了八年。素稱為沒有民族意識、國家觀念的國民，已挺身站在了世界戰爭中最艱苦的一條火線上，而且充滿著信心的，決心的憑著自己的力量改造他們的環境，支配他們的生活，控制並進而創造自己的命運。孤軍抗戰的八百壯士，一門忠烈的范築先將軍，戰死南苑的佟麟閣，保衛盧溝橋的吉星文，是千萬英雄中已使我們知道的名字。顯然的，我們一切都有飛躍的進步，只有文藝還沒有配合這進步的要求。可是，在這種情形下，我們對文藝的要求實在不能再以新文藝才不過有二、三十年的歷史作為藉口而輕輕推過去，因為一切並不必一定按步徐進的，外力可使它飛越，事實上也都在飛越了。

目前的時代是英雄的時代，所以我們要求作品也應是歌頌英雄的作品了。

三

過去我們曾有過不少的傳奇式的人物，西歐也曾產生過騎士與美人。可是《虯髯客》式的豪傑，《俠隱記》式的英雄，在今日不應，也不可能出現了。就連賈寶玉、林黛玉、鶯鶯、紅娘，時代也不再屬於他們了。這是血和火的時代，應產生血和火的人物。這是人民的世紀，應產生人民的英雄；產生於人民中，為人民而戰鬥，也為人民而建設。這些人物不應是雲中子似的只是會雲裡來霧裡去的抽象的影子，而應是最人性的「人性」（humanist）。

我們的寫作還沒能從「活人的直接印象」，以及個人的熱情的幻像中解放出來，創造的人物不是瑣碎便是抽象。因而文學裡充滿了照相，現實的再現，模糊的幻影，人物成為平面的，呆板的，漫畫式的；沒有生命，甚而沒有體的感覺。時代向作家們要求的卻不是肖像畫，而是典型；不是時事性，而是時代性。這意思就是不僅要寫出社會的現實性，且要寫出時代的真實性。

愛倫坡曾說：

為什麼突擊隊員不能是理想家？我們也可以說，在休假的日子，他望著小河裡的漣漪，想著什麼樣的事。突擊隊員難道不能嫉妒，不能愛，不能幻想麼？煉鋼工人的女兒也會死的，但是為什麼不能用二十頁的篇幅去描寫她的死，而一定要像戶籍登記所的死亡證書一樣，只需要枯燥無味的兩行文字呢？

接著他補充說：

我們的工人是活的人。他們工作、鬥爭、戀愛、接吻。他們也看書，也幻想，有時也做出奇行，發出嫉妒，他們是生活著。好像他們悲慘生活的曾祖父們，並不像田園詩歌中的雅典的牧人，他們也是不像我們某些作品中那種模範的突擊隊員的。

同樣的，我們新時代的英雄，也是活著的人，好像過去和未來的億萬的人們同樣地活著。他們工作、鬥爭、戀愛、接吻。也看書，也幻想；有快樂，也有憂愁；有勇敢，也有怯懦。並不如某些作品中的形象，一切都那麼單純化。肉炸彈，好像生來就為的做肉炸彈；在戰壕裡和敵人肉搏以死的士兵，也好像生就與人不同。五歲能文，七歲賦詩，從幼過目成誦的筆法又用在現代英雄的身上了。小說和新聞記事同樣地成了玄虛的神話，從裡面只能找到神性，找不到一點人性。

格拉西摩夫引馬克思批評拉隆爾的戲劇《法蘭茲・封・齊根干》中人物傅天的話說：「您的傅天，我以為已經過於只表現了一個感動，這是沉悶的！難道不同時是一個智者，一個上等的諷刺家麼？所以您對他豈非極為不當麼？」接著他批評當時的作品說，在這樣的意義上，他們的作家在很多的時候，是特別不當地處理了他們的主人公。這些主人公是殘酷地被去勢了！他們被剝奪了優美的情感，他們甚至被剝奪了熱情，雖然對於一個革命家，沒有熱情是多麼怪的事。補救這種缺陷，流行的辦法是將主人公分做兩半來寫：

一方面他「作為鬥士」而活動，另一方面，他「作為一個人」而開始。一天之中，一半的時間，他過著鋼鐵的生活，以後的一半，他耽溺在個人生活裡，於是一種人性的東西，對他並非無緣。他很和善地愛他的妻子，喜歡釣魚，喜歡唱歌。這樣創造了不自然的結合，來代替活的人物；一方面是鋼鐵般的人物，另一方面是相當的享受，但只是一種極無聊，極陳腐的俗物的無味的典型。

為什麼這兩種性格不能有機地糅合在一個血肉的身體上呢？

姜子牙釣魚，不過是為了等待姬發的訪賢；諸葛亮垂釣，原來正盤算著軍政要務。在畫報上也可以常見到要人植樹的照片，或正在鏟土，或栽植甫畢，都一律地那末不調和，好像全不是他們所應做的事，如扮戲似的，專為了照相。事實卻又是令人懷疑的，真的他們一生中就沒有類似釣魚以及植樹一樣的生活項目麼？

雖不應是瑣碎的，可應從各方面表現一個人物。現實主義的描寫，是「預定著最基本的，在其可能性上的幻想的大的飛躍」。它較之我們所常常應用的，要預想遠為巨大的綜合的形式。所以這裡的傳達或表現，如前面所說的，是不能理解為現實的摹寫和重複，而是逼真地傳達所發生的故事的真正基本的意義的要求。

只有這樣，我們的人物才不會是平面的或漫畫式的，而成為有生命有血有肉的活人。

自然，同時也應當說明的是表現英雄並不是忽略了魍魎，否定的人物和肯定的人物應同樣被看重。高爾基曾論及現實主義與社會主義現實主義的差異說，過去的現實主義為批評的現實主義，社會主義現實主義為確證新的社會主義現實的現實主義。法捷耶夫引證了他的話並加以引申說：

F·杜賓的論文，他只認我們的社會主義現實主義是英雄的現實主義，規定的描寫英雄的現實主義。這是公式化的。因為社會主義現實主義，一方面確證著新的社會主義的現實，新的英雄們，同時在一切現實主義中又是最富於批評的。這社會主義的現實主義，比過去的現實主義，是更富於批評的，而且這批評的特徵，又與新的社會主義現實，新的人性，新的關係的確證相結合。

這話是可以在這裡應用的。

我們必須把敵人滅絕人道的暴行有力地暴露出來，漢奸活動也應當作為文藝的重要題材。《開麥拉之前的汪精衛》，《殘霧》中的洗局長、楊茂臣，《新水滸》中的六師爺、華威先生以及陳國瑞先生的一群，這些不可救藥的頑劣和敗朽，必加以暴露和抨擊，但這是屬於第二位的工作，第一位的是人民的民族的英雄之表現，「是寫那些正在努力著改造他的環境，支配生活，順著歷史的潮流，而且能夠控制自己命運的人們。」歌頌英勇的戰績和創造這些戰績的英雄們已是戰時文藝的常道，何況我們今日的戰爭是神聖的民族解放戰爭，是為了拯救我們民族的危亡，也是為了拯救世界的人類！

一、新文藝發展的路向

五四時代

從五卅到一九二八

「九一八」與「一二八」

向創作要求自由

沉渣的泛起

兩個口號

民族解放戰爭的爆發

五四時代

中國的新文藝是在五四運動中誕生的。雖然白話文的提倡或新文藝運動的發動遠起於五四運動的前兩年，但獲得了波瀾壯闊的發展，則可以說是自五四開始的。

五四運動是辛亥革命後中國資產階級的民族覺醒及民族解放運動，在政治及經濟上是反帝反封建的運動，相應著這政治經濟的情勢，在文化上表現出來的是提倡民主，提倡科學的新文化運動和新文藝運動。但以中國民族資產階級先天和後天的缺陷，一到第一次歐戰結果，帝國主義對民族工業的壓力恢復戰前的狀態，且日益加劇，乘國際帝國主義在戰爭期間不得不多少放鬆了在中國的統治而發展起來的民族資本的幼芽，至是又被摧殘蹂踐以至毀滅或枯萎。五四運動的結果，於是在民族解放上流了產，在政治上未得到絲毫的刷新，國內依然還是「殭屍的統治」的軍閥官僚的政治。只有新文化與新文藝的茁壯的嫩芽還在岩石下抗著外來的壓力在彎曲地生長和壯大。由此我們可以看出：第一，中國新文藝雖是受了西洋文藝的影響，而產生和發展起來的，卻確確實實是生長在我們中國自己的土壤中的，並不如一些人們所說的，是從外國庭苑裡移植來的花草；第二，新文藝從生命的種子裡帶來的質素，即是反帝反封建的，尤其是後者最為濃厚。這是如五四運動的發生似的，因外力的壓迫，才更感到本身的腐敗，脆弱，需要改革。如胡風在《抗日民族戰爭與新文藝傳統》中所說，在先驅者的戰鬥裡面，我們能夠看出它的鮮明的主義：

魯迅，以及他所領導的革命的作家們，破天荒地打破了中國文藝底封建意識的傳統，用革命的人文主義喚醒了沉睡的現實底靈魂。由於他，文藝形象裡面最初出現了人民底覺醒了的自由的意志，同時也鮮明地被畫出了這覺醒了的自由的意志不得不和半封建半殖民地的黑暗現實苦鬥的命運。處女作《狂人日記》，那立意，是為了叫出自我底燃燒的戰鬥要求，也是為了揭開社會底醜惡的實際。對過去和現在，他提出了「人吃人」的控告，對現在和未來，他發出了「救救孩子」的呼聲。在另一篇〈藥〉裡面，黑暗統治下的麻痹的人民只是把被屠殺的覺醒的革命者底鮮血當作可以醫好肺病的靈藥。到這裡，他底控訴就帶著了沉痛到近於絕望的氣息。

也如胡風所說，「發現了人民也就發現了社會，或者說，發現了社會才發現了人民。」魯迅和他所領導的文藝的新軍，一方面寫出了這半封建半殖民地的黑暗現實，人吃人的社會，一方面卻也有了「更進一步的光輝的內容，那就是一連串的勞動的愚夫愚婦們，尤其是農村無產者阿Q的登場。在他以前，勞動的人民即令在文藝形象裡露過頭面，但只不過是被當作生產糧食和撫養家畜的，甚至是能代替家畜的動物，或者相反地當作抽象的自然詩人。再不然，就是被命運安排好了的，或者是『若要官，殺人放火受招安』的好漢，或者是『朝為田舍郎，暮登天子堂』的幸運兒了。但到了魯迅，若干世紀的沉默的勞動的生靈卻最初地帶著時代的本來的面貌站向了歷史舞台底腳燈前面。」

在這裡，不但說明了阿Q這類的農民們是在過著肉體上被剝削精神上被毒害的代替家畜的動物的生活，也寫出了他們衝破了傳統的宿命觀，不甘再受苦痛的心情，他們渴望光明，要求革命，雖然這光明和革命僅是受了時代的浪潮沖激而發生的一種縹緲的幻影。

但花草是無法生長在沒有土壤的地帶的。這樣蓬蓬勃勃發展起來的反帝反封建的新文藝，本來很可以開出較好的花朵，徒以帝國主義和封建勢力的聯軍捲土重來，中國民族資本產業的潰敗，民族解放運動的流產，這在岩石下抗著壓力而彎曲地生長的新文藝，因失去了它的滋養，發展的情形自然不能不衰退下來。代替它而繁興起來的是紳士淑女所鑑賞的國故的整理，鴛鴦蝴蝶派的佳人才子的故事，以及《留東外史》、《九尾龜》式的嫖經和賭經。新文藝的陣地只剩了魯迅和他領導的零落的新兵苦撐著，他自己就曾歎息過：

寂寞新文苑，平安舊戰場；
兩間餘一卒，荷戟獨彷徨。

從五卅到一九二八

然而時代究竟是前進的，不久，一九二五年的五卅反抗英日帝國主義的運動爆發了。平日俯首貼耳為帝國主義所剝削壓榨，作為能言的奴隸而存在的勞動大眾，開始覺悟到了他們的人的地位，認識了國際帝國主義是中國民族解放的主要敵人。在上海、香港、廣州以英雄的姿態出現，作為反帝陣營中的主力軍，首次的在中國表現了他們不可侮的巨力。一度欣欣向榮的民族資本家，因受國外資本的壓迫，以致衰微和幻滅下來，他們反對帝國主義的覺醒至是較五四時代乃更擴大化具體化了：要求關稅自主，取消領事裁判權，甚至取消一切不平等條約。但他們始終沒有徹底反對帝國主義的決心：一方面懼怕帝國主義的強力壓迫，一方面又惟恐國內勞動大眾的抬頭，所以不久他們就降服於帝國主義並與封建勢力妥協了。在這一運動中，表示得最積極的知識份子，至此也除了很少數腳步站得穩固的外，都動搖，甚至反叛革命了。不過，這一運動終成為一九二七年大革命的序幕，尤其是在文藝上，由此更增強了反帝色彩的濃度，使它變為直接的一種社會鬥爭。

本來在五卅運動前一兩年，一部分過去主張文藝是內心的要求，自我的表現的作家，已漸漸改變了他們的態度，批判了唯美主義、浪漫主義、象徵主義、色情主義、惡魔主義等，在一九二六年提出了革命與文學的關係問題，以後陸續發表了主張「革命文學」以及「無產階級文學」的文章，到一九二八年革命文學運動遂以澎湃的氣勢出現。如胡風所說的，「這是新文藝傳統底一個跳躍，一個進展。」「它雖然在任務上並沒有從個性解放（反封建）和民族解放（反帝）這兩個戰鬥目標突變出去，但卻在它所要反映的生活鬥爭裡面找著了使民族力量發生了變動的，新的動力，在對於生活的認識上獲得了新的看法，因而在作為生活認識底一形式的，文藝底表現方法上開始了新的方向。作為強的主動的物質力量，新的社會動力帶著它的世界觀和世界感走進了文藝領域；帶著不是把封建意識弄殘廢了的而是英雄的靈魂，正像在現實鬥爭裡面所顯身出來的，勞動的人們（當然帶著他底同盟者，敵人……）開始在文藝形象上露面了。」在創作方法上，以魯迅為首的理論工作，批評工作，介紹工作，是使新文藝由舊的現實主義過渡到新的現實主義的動力。

一九三〇年三月「左翼作家聯盟」的成立，是這一運動的極高點，在三個月後，同年的六月，一部分文人發表了〈中華民族文藝運動宣言〉，提倡「民族主義文學」，與左聯取著敵對的態度，於是前者被迫沉伏為地下的潛流。

「九一八」與「一二八」

一九三一年「九一八」事變爆發，日寇佔領東北四省。一九三二年的「一二八」事變，蹂躪上海的戰爭爆發，使民族的抗日熱情勃起，抗日的運動也滋長起來，但實際的社會條件卻不讓作家走進現實鬥爭的深處：

> 這樣，在急迫的鬥爭前面，文藝底戰鬥的意志卻不能深刻地和生活現實相結合。當作家底創作的心不能在生活現實裡面深入客觀對象的時候，那他底聲音，即使是發自衷心的愛憎，也很難帶給讀者以時代的活的生命。這不僅僅在於創作意志和現實生活的結合不強，尤其在於當作家底戰鬥

意志雖然更強，更尖銳了，但卻更不容易在應有的程度上和作為對象的生活現實得到結合。所以，雖然文藝尖銳地經驗著它思想上的，戰鬥的要求，而且實際上也向著搶救民族的危機這目標熱情而廣泛地執行了工作，但它底現實主義的傳統卻反而現出了危機；或者是在黑暗的重壓下面的憂鬱的低訴（詩），或者是空洞的愛國主義的叫喊（詩，戲劇），或者是用傳奇的虛構性所演繹出來的政治概念代替了形象底真實（戲劇，小說）……

在這一段落裡，且經過了「和宗派主義以至行幫主義作無容赦的鬥爭」；以至第二階段的「國防文學」與「民族革命戰爭的大眾文學」兩個口號之爭；第三階段的「創作自由」問題的辯論。

不過，無論如何，中國新文藝三十年來所走的路，一貫的是反帝反封建的道路，自「九一八」後，更漸漸把重心放在抗日反漢奸上。如魯迅先生所說但這「決非停止了歷來的反對法西斯主義，反對一切反動者的血的鬥爭，而是將這鬥爭更深入，更擴大，更實際，更細微曲折，將鬥爭具體化到抗日反漢奸的鬥爭，將一切鬥爭匯合到抗日反漢奸鬥爭這總流裡去」。這樣的轉變，是自「九一八」瀋陽的烽火一起後，敵人的鐵騎踐到我們的國土上開始的，當時「中國最大的問題，人人所共的問題，是民族生存的問題。所有一切生活（包含吃飯睡覺）都與這問題相關」。接著「九一八」而來的是「一二八」，熱河失守，古北口血戰，冀東自治，華北特殊化及「一二九」運動[1]，「一二・一六」[2]學生運動，全國人民眼看著寄身的土地漸漸淪陷。空前的民族的危機，激起了全國的抗日運動。但如前面所說明的：

> 我們文學在這樣的表現上卻也始終受著極大的限制；這限制，主要是由於帝國主義侵略國家直接間接的威嚇與壓迫。……我們永遠不會忘記那些可恥的事實，就像在有個時期中它竟公然要我們放棄愛國的宣傳與教育。然而類此的事實不過只是它們限制我們文學發展許多因素中比較明顯的一小部分吧了，……它往往遭受著帝國主義及其走狗漢奸們的雙重的壓迫，它不僅不能激烈地向敵人反抗，它甚至也不能向祖國盡情地呼喊。一切屬於正義的反抗的呼聲，都要受到帝國主義直接間接的迫害，中國的吼聲被窒息，中國的自由被剝奪了！

但雖然在岩石的重壓下，我們的抗戰文藝卻仍以五卅傳統的反帝精神，彎曲著茁壯地生長了起來。「革命作家們大部分都親身參加了反帝運動，並且在作品上有力地回答了敵人的炮火。

一 編者注：「一二九」運動，又稱「一二九抗日救亡運動」，是指一九三五年十二月九日在中國共產黨的領導下，由北平地下黨發起學生示威遊行，要求促成中日戰爭及早爆發。

二 編者注：爆發於一九三五年的「一二九」運動中，因請願書未能面遞，學生又多受傷或被拘捕，學生憤無所出，決議十日罷課。十二月十一日，東北大學學生九人又被拘捕，清華同學群情激憤。十三日，南京發表冀察政委會消息，學生疑此將為變相冀東自治，乃發動更大規模示威遊行，即「一二・一六」運動。

以瀋陽事變，上海事變中士兵工農和小市民的生活和鬥爭為題材，當時輩出的新人：如張天翼、沙汀、艾蕪、李輝英、耶林、葛琴都送出了他們有意義的新鮮作品。具有濃厚煽動劇性質的田漢、適夷的抗敵劇本在當時反帝的實際運動上也曾發生了非常巨大的作用。

以瀋陽事變作題材或和它有關的作品，有《萬寶山》、《故鄉》、《秋陽》、《放下你的鞭子》等，尤其是後者，截至現在止仍是上演次數最多的一個短劇。在當時出現的兩位東北失地的作家，蕭軍和蕭紅，使「我們第一次在藝術品中看出了東北民眾抗戰的英雄的光景，人民的力量，『理智的戰術』。兩位作者都是生長在失去了的土地上，他們親身地經歷了亡鄉的痛苦，所以他們的作品表現出在過去一切反帝作品中從不曾這麼強烈地表現過的民族的感情，……這些作品的出現，恰恰是華北事變以後，民族革命戰爭的全國規模的高潮中，民眾抗敵的情緒分外高昂的時候」，所以能夠很快地獲得了廣大的讀者。

取材於上海事變的有收集在上海事變與報告文學中的諸短篇。不久華北事變發生，平津一帶日鮮浪人到處橫行，綁架幼童；收買嗎啡流氓，擾亂社會秩序；繼而勞工被殺，海河浮屍；華北黨務機關被強迫撤退；抗日分子遭受捕殺；同時華北五省每年約一萬萬元的走私也在日鮮浪人武裝保護下猖獗起來。這時我們的新文藝更整個為反映時代而存在：有《走私》，《浮屍》，《哀啟》和《貓城記》……作品的產生。更有若干新興的青年作家都是以表現這時的社會而聞名的。

向創作要求自由

在全國作者和封建勢力，帝國主義及其走狗們作最激烈的短兵戰的時候，不幸竟有少數作家出來向創作要求自由，想把文藝提到現社會外面，作為超然的存在。他們的理論家說，「凡是不能超現實而獨立存在的作品，其藝術價值至多不能高過通俗無聊的《馬占山演義》。」他們一群，為了藝術價值要高過《馬占山演義》，就超現實而獨立存在。因而文壇上出現了自由人（也即第三種人）的一集團，開始了一時的「自由論戰」。如魯迅所說，自己提著自己的頭髮想超出現社會，並不是因為別人搖頭他就提不起來了，而是根本辦不到的事情。生活在現在，又怎能超出現在？所以論戰不久便停息了。既然連戀愛和吃飯目前都和敵人的侵略有了關係，超現實的文藝不能存在是很必然的了。

無論在古今中外的文學史上，不獨找不到超社會而存在著的文學作家，也苦於找不到專於為文學本身的利益而存在著的文學作品。……文學家除非在做夢，專門憧憬著理想的未來世界。或者是專心一志從荒遠的古墓裡企圖盜取枯骨的古董商人，他們才會硬著心肝，逍遙於局外；不然，無論任何人，尤其是文學作者，決沒有法子可以逃避種種毒辣的教訓的。所以，在法蘭西一八四八年二月革命的清涼的旋風到處吹遍的時候，就是固執著藝術絕對自由的波特賴爾也會即刻著手於革命雜誌的出版了，而且放聲向著國內的文學作者高呼道：「藝術非為社會目的服務不可。」（《藝術與社會生活》三八頁）法國大詩人雨果當德意志進攻巴黎，感到滅亡就在眼前的時候，也不得不再三致書於德意志民眾，喚醒業已消沉的人道精神。（原函刊在氏所著《自放逐以後》一書中）……當日本帝國主義者的大炮，轟擊淞滬的時候，他們的飛機，在所謂「文化城」的上空，驕縱地翱翔的時候，決不會特別優容少許藝術至上主義者，仍舊安居在研究室裡……

所以向創作要求自由的人，實際上不過是不能面對急遽變化的時代，不能接受社會所加給他們的苦痛，企圖對時代逃避罷了。時代是最殘酷，也是最公正的，抗戰已把這一點完全證明了：忍受不住新國家誕生前的痛苦的「自由人」，穆時英、劉吶鷗等，已都投到敵人的懷抱中，而且先後滅亡了。

沉渣的泛起

「自由人」一喊出要求創作自由的口號，便落在現實的齒輪後面，沉為時代的渣滓了。這時另一部分本是時代的渣滓的，卻忽然要表示自己的存在而一度泛起，那便是一部分人的重新出來主張讀經存文。本來由文藝大眾化而引起了白話大眾話的爭論，卻舊事重提的加入了文言的論爭，接著讀經存文也被討論起來了。喊得最響的是江亢虎的「存文會」，發表宣言，指白話為謬種邪說，大有不排斥於文苑之外不肯甘休之勢，和當年的老虎報《甲寅雜誌》的氣勢很是相似。奇怪的是先前新文學運動的健將，如今竟有的跑到敵人的陣壘裡幫他們抱殘守缺，做起文言最後的保鏢來。看了當時的情形，真令人疑惑中國的歷史老是在兜圈子。不然，為什麼十幾年前已被解決了的問題，會拿出來再重新討論呢？實際上這卻不過僅如攪動一灣止水，沉在底下的渣滓必乘機泛起，它一點力量也不會發生，只顯示一下它的存在罷了，時間一過是仍然得沉在底下去的，所以不久也就闃然寂然了。直到抗日戰爭爆發後，這些沉伏的渣滓才又重新泛起，以僵屍著戲裝的姿態做了南京傀儡戲的新貴，又在提倡讀經存文了。這和自由人的穆時英等正正是異途同歸。從此可以看出所謂提倡讀經存文，所謂要求創作上的自由，都不過是別有用心，真正的讀經或自由，在敵人手中是更不會得到的。

兩個口號

國土一塊塊地淪陷，民族滅亡的危機一天天地迫切，隨著全國統一局面的告成，作家也作了初步的團結。在上海成立了文藝家協會，發出宣言，簽名的有周揚等三十多個作家。文壇上提出了「國防文學」的口號。不久以後又有「民族革命戰爭的大眾文學」的口號出現。最初提出這口號是由於魯迅授意胡風作的一篇〈人民大眾向文學要求什麼？〉。因兩個口號的存在，引起了一次激烈的論戰。三十年新文學運動以來，每一次新爭都含著或多或少的舊恨，這次自然也沒能例外，充分地顯示出了行幫思想和宗派主義的作祟。雖然，究竟是有幾個問題由這次論戰而得到了結論。到魯迅的〈答徐懋庸並關於抗日統一戰線問題〉發表後，問題就愈發澄清了。他說，「民族革命戰爭的大眾文學」的口號的提出：

是為了推動一向囿於普洛革命文學的左翼作家們跑到抗日的民族革命戰爭的前線上去，它是為了補救「國防文學」這名詞本身的在文學思想的意義上的不明了性，以及糾正一些注進「國防文學」這名詞裡去的不正確的意見……

它「主要是對前進的一向稱左翼的作家們提倡的，希望這些作家們努力向前進。而「國防文學」呢？他認為：

目前文學運動的具體口號之一，為的是「國防文學」這口號頗通俗，已經有很多人聽慣。它能擴大我們政治的和文學的影響，加之，它可以解釋為作家在國防旗幟下聯合，為廣義的愛國主義的文學的緣故。因此，它即使曾被不正確的解釋，它本身含義上有缺陷，它應當存在，因為存在對於抗日運動有利益。

這理論是基於「文藝家抗日問題上的聯合是無條件的，只要他不是漢奸，願意或贊成抗日，則不論叫哥哥妹妹，之乎者也，或鴛鴦蝴蝶都無妨」的主張而發。所以他說：

> 應當說作家在「抗日」的旗幟或在「國防」的旗幟之下聯合起來；不能說：作家在「國防文學」的口號上聯合起來，因為有些作者不寫「國防為主題」的作品仍可從各方面來參加抗日的聯合戰線。

在這裡國防文學是不是創作口號的問題也附帶著被說明了。自由人論戰及大眾話論戰，給時代的渣滓讀經存文者以打擊，是「九一八」以來文藝界的三次較為重要的論戰。每次都有專冊將當時的史料保存下來：關於自由人的論戰有蘇汶編的《文藝自由論辯集》，關於大眾話及讀經存文的論戰有《語文論戰的現階段》和《文言、白話、大眾話》等。這次兩個口號的論戰，《現實文學》，《夜鶯》，《文學界》等出過特輯，以後並出現了兩個集子。三次論戰以外還有一次「差不多」問題的討論。沈從文指摘了當時流行的作品都差不多，是作家貧乏的一種現象。不同意這個意見的以為現在本來都處在差不多的社會裡，遇見的事情根本就差不多，取材於這些事情創造出的作品又怎能求它差得多呢？這雖是很簡單的一個問題，也沒引起熱烈的爭論，但把它作了適當的處理，還是延到抗戰爆發以後。那結論是：題材不怕差不多，而人物的把握，現實的發掘以及形式的運用則當差得多。

民族解放戰爭的爆發

新文藝能否從雙重重壓下解放，突破當時的危機，是決定於文藝本身以外的社會政治及經濟的情形的，到這沉悶階段度過，而一九三七年七月，終於這個時代降臨了，那便是民族解放抗日戰爭的爆發，在血肉的鬥爭裡抗戰文藝遂有了從來未有的發展。

二、抗戰文藝的動態和動向

由前線主義到地方文藝的興起

突進現實生活的密林

消沉的季節

內地恢復了繁榮

民主運動的高揚

由前線主義到地方文藝的興起

龍貢公在〈抗戰文學陣線〉一文的開始即說，是一九三六年的五月卅日，中國全體同胞最痛心地追悼他們的殉難先烈的時候，路透社向全世界各方面發出了以下的電報：

東京：外相有田今日接見新聞訪員時，重申日本對華政策之三點：一、承認「滿洲」；二、合作防共；三、遏滅一切反日運動……

神戶：須磨今晨抵此時宣稱，「今日之局勢，為中國必須對日相互維繫與對日作戰之兩途中，選擇其一耳。余已正式向蔣院長切實說明此點，日本如退讓一步，即不啻總退卻！日本必須抱其不可變之自信與勇往直前云，須現在首途赴東京，準備向外務省報告中國現勢。

「日本必須抱其不可變之自信與勇往直前」，這行動，帶給了我們全體同胞一個必須立刻決定的課題：對日作戰呢？還是立刻亡國呢？不過事情終於又延擱了下來，直到過了一年零一個月，為了一個兵士的夜出嫖妓未歸，日本「抱其不可變之自信與勇往直前」的態度，在盧溝橋上對我們開了第一槍。從我們兵士的槍筒裡，踏上前線的步伐裡，從龐大的歌聲裡，我們解答了我們的課題，給敵人了一個鋼鐵樣的回答。僅一個月零六天後，吳淞也燃起了彌天的烽火，整個民族開始與頑敵做生死的決鬥，爭取他的生存與獨立。

如有人指出的：

中國的民族革命戰爭既然是一個半封建半殖民地的落後國家對於一個現代化了的，強大的帝國主義國家的長期抗戰，那就還得抵抗敵人的直接的或間接的通過內部投降妥協的反動勢力的文化進攻，文化上的毒化政策。那或者是利用並提倡能夠窒息中國歷史底發展要求的，中國封建主義的舊文化，舊道德，以及一切的復古思想和「人生無常」的享樂思想，或者是把沒落期資本主義文化底反動內容改變成能夠適應殖民地買辦階級底需要，也能夠麻醉，至少是混亂一般人民底意識的「精神食糧」。用什麼去抵抗呢？用能夠反映中國歷史底發展要求的、戰爭所帶來的所要求的現實底改造過程的、反抗舊的、掘發新的，新鮮活潑的文化力量。中國的民族革命戰爭，這和社會內部的危機完全成熟了的社會革命，例如俄羅斯革命不同，在那裡，是內部抗爭的普通的直接武裝行動，在物質的可能上甚至戰鬥的要求上，廣義的文化活動暫時間很難開展，但在這裡，不但在後方的廣大地域上面，得經過長期的漸進的改造過程（人民大眾的覺醒和成長），就是在廣大的淪陷地域上面，由於敵人底力量一般地只能作戰略上的點和線的佔領，也能經過長期的漸進的改造過程（人民大眾的覺醒和成長）。只有通過這個內部的改造過程，人民大眾的覺醒和成長過程，才能夠得到對外抗戰的民族力量的成長。這個內部的改造過程，人民大眾的覺醒和成長過程，必然要喚起廣大的文化要求，而能夠回答這個改造過程底要求的，能夠反映這個改造過程的內容或趨向的，反抗舊的，掘發新的，新鮮活潑的文化工作，正能夠幫助使這個改造過程得到完全的實現。

但是，「正是為了這個目的而鬥爭了過來的，也正是在為了實現這個目的而鬥爭的過程上被建築了起來的」有著革命傳統的新文藝，本來「它的戰鬥能力能夠負起這樣的任務，它的戰鬥熱情也要求負起這樣的任務」，為了這一至高的任務，文藝寫作者就是持了槍在前線上也不應停止為祖國而歌唱，為戰鬥而寫作的。事實上，在抗戰的初期，每個作家卻幾乎都為當前的偉大急遽動盪的時代而驚詫。戰爭激烈地改變著社會的一切，所有的物事均因失去平時的均衡而失掉了常態。因交通和營業的影響，也因無法估計這偉大的時代，書店都停頓，雜誌全停刊了，《作家》、《中流》、《譯文》、《光明》……都遭了同樣的命運。「文藝無用論」支配著每個人的思想，以為只有軍事是最重要的，惟有它才能決定一切。炮聲一響，筆的武器便沒有用處了。過去集中在一兩個文化中心的都市的作家開始「向願意去的或能夠去的各種各樣的領域分散。跑向熱情洋溢的民眾團體，跑向炮火紛飛的戰場……也跑向落後的城市或古老的鄉村……」他們除了「一些有計劃的演劇隊宣傳隊，主要的是帶著單純的政治行動甚至個人生活問題的色彩」。胡風在兩篇題目不同的文章中重複地說出了相同的話：

這時候文藝應該怎樣處置自己呢？顯然地有兩個問題：一個是，作家應該怎樣地參加生活，參加戰爭；另一個是，文藝應該有怎樣的工作日程，為自己開拓什麼道路。我們看來，這原是一個問題的兩面，文藝的道路只能在作家底參加戰爭過程上面開拓，作家底參加戰爭能夠而且應該在文藝上結果，但當時的一般空氣卻不能夠這樣，在一種原始的興奮裡面把戰爭當作了簡單的機械的過程，幾幾乎完全否定了文藝的任務。最明顯的例子是一部分作家所提出的「投筆從戎」運動，一些論者把那叫做「前線主義」。

果然，那時候就聽到了這樣的聲音：

……
人說：無用的筆啊
把它扔掉好啦
然而，祖國啊
就是當我拿著一把刀
或者一枝槍
在叢山茂林中出沒的時候罷
依然要盡情地歌唱
依然要傾聽兄弟們底赤誠的歌唱——

迎著鐵底風暴
火底風暴
血底風暴
歌唱出鬱積在心頭上的仇火
歌唱出鬱積在心頭上的真愛
也歌唱掉盤結在你古老的靈魂裡的一切死渣和污穢
為了抖掉苦痛和侮辱底重載
為了勝利
為了自由而幸福的明天……

各作家多半這樣的以一個非文藝作家的資格參加了戰爭。這時在上海由作家自己扶植、出版、在炮火中發行的刊物，僅有卅二開的幾種小型雜誌：如以後改名《烽火》，當時由茅盾、巴金主編的《吶喊》；胡風主編的《七月》；沈起予主編的《光明特刊》等。

不久，事實即修正了作家們的思想，每個人都感到應當使用的還是一枝筆，不應當把它扔掉，而去拿起「一把刀或者一枝槍」。在戰爭中，文藝有它本身的任務，作家應當以文藝工作者的資格參加戰爭，雖然可以同時是戰士，是政治工作者，技術工作者，民眾教育者及組織者，卻不能僅是這些工作者而不是文藝工作者。

作家的向各個領域分散，並不妨礙他們新的覺醒，如上面所說，倒是促進了他們的覺醒，並且推動了文藝的前進，擴大了文藝的影響，教育了作家，豐富和充實了他們的生活。從此文藝活動漸漸在客觀的要求下抬起頭來，地方文藝活動成了這時主要的形態：各戰區的文藝活動，各游擊根據地的文藝活動，各比較中心城市的文藝活動。在這些區域裡陸續出現而且長成了大批新的作家，他們大半產生在被熱情所激動，被祖國的號召所喚起，而投入戰爭的千千萬萬的優秀兒女們中。在民族解放的烽煙一起，這些青年男女便離開了家庭，教室，投進了戰爭或戰時群眾工作裡面。他們「在軍隊裡面，在前方後方的民眾裡面，以至在學校裡面，用著熱情和真誠一面和反動的落後的勢力鬥爭，一面艱苦地養育自己，而他們就正是革命的現實主義的文藝底基本讀者，後備隊伍」。

戰爭使民族得到了新生，使人民大眾廣泛地覺醒。「愛國主義的國民熱情底普遍的奮發，對於祖國命運的關心，對於敵人的仇恨，對於英勇的同胞兄弟姊妹底行動的感激，對於人民生活狀況的關心，對於妨礙戰爭的反動力量的憎惡……溶成了渾然一體的民族意志，在祖國大地上磅礡，閃耀。」「人民大眾飛躍地增高了理解現實的慾望，要求著文化生活；同時，民族戰爭也用了各種各樣的啟發人民大眾底認識，提高人民大眾的情緒。這就是為什麼使中國人民大眾取得了而且取得著空前的進步。這個原是作家所參加推動了的結果，但卻反轉來了激勵了作家，使他看見了新的讀者的成長，親切地感到了自己的工作意義。」就是基於這樣的情勢，抗戰文藝和戰前的新文藝有了顯然的不同。第一，戰爭把文藝由亭子間，由文化中心的都市中帶到了廣闊而自由的天地中，解除了過去的壓力或束縛，作家可以為祖國為民族盡情地歌唱。文藝盡了教育廣大民眾的任務，它比戰前更廣泛地和現實生活結合了起來。他們也從現實中再教育了自己，甚至改正或提高了他們的認識以及創作方法。第二，戰爭為新文藝開拓了肥沃的土壤，文藝的秧苗在各地，前後方的各個城市裡，戰區裡，游擊根據地裡，茁壯地發芽生長，新的作家也陸續地出現。為了人民大眾要求文化生活，文藝書刊的產量比從前激增了，新書的銷售額由戰前的每版一千兩千變為三四千以至一萬。這現象是一直繼續了幾年還是如此的。雖然大部分國土淪陷了，在困苦的條件下，書籍的產量就種類說仍保持了戰前的數字，在數量上比從前且增加了數倍。郭沫若在〈中國戰時的文學與藝術〉中說：

> 這種戰爭的藝術性或創造性，集中了人民的意志和一切的力量，特別是對於文藝藝術家們，使他們獲得了一番意識界的清醒，認清了自己所從事的文藝藝術的本質和尊嚴，在和平時期對於文藝藝術的曲解或濫用，冒瀆了文藝藝術的那些垃圾，在戰爭的烈火中被焚毀了。為文藝而戰鬥，為文藝而文藝，成了一而二，二而一的東西，作家們增進了他們的自信自覺，這些精神便是可能產生高度藝術作品的母胎。所以有人說，中國自「七七」抗戰以來，才真正到了「文藝復興期」，我認為是很正確的。

誠然，這是很正確的，抗戰使民族得到了新生，也使文藝得到了新生。

到北平、天津、南京、上海相繼淪陷，政治中心移到了武漢，從這些以及各地來的作家都集中到了那裡，一致地感到過去的散漫，缺乏組織，減輕了工作的力量。在共同的要求下，一個空前的文藝界的組織在一九三八年的三月二十七日於漢口成立了，這便是中華全國文藝界抗敵協會。在〈發起旨趣〉中說：

我們應該把分散的各個戰友的力量團結起來，像前線將士用他們的槍一樣，用我們的筆來發動民眾，捍衛祖國，粉碎敵寇，爭取勝利。民族的命運，也就是文藝的命運；使我們的文藝戰士能夠發揮最大的力量，把中華民族文藝偉大的光芒照澈於世界，照澈於全人類。

這時，可說文藝界已恢復了他們的常態。文協包括了全國各派的作家，開始以集體的力量為抗戰而服役。它的幾個分會和通訊處，在不久以後也陸續成立了。武漢和東南的廣州，代替了以前的上海和北平，成為文藝的中心，許多作家也都集中在這兩個城市。幾個雜誌：如文協的會報《抗戰文藝》，胡風主編的《七月》，丁玲舒群主編的《戰地》，蔣弼主編的《戰地半月》，及注重利用舊形式的刊物《抗到底》和《人人看》，除了最後的二者外，它們的篇幅，主要為報告、特寫、通訊等所佔據。因為如上所說，在這一階段中，這是作品的主要的形式。所以無論就質上或量上講，也是這類形式有了最高的成就。如黃藥眠所說：

文藝家在這個時期（由抗戰爆發，到武漢撤退）創造了有些什麼好的作品沒有呢？有的而且很偉大的作品，因為那時，文藝作家創作了不少的街頭劇、街頭詩、活報、報告，而這些作品在當時都的確曾推動了抗戰工作，曾喚起了千百萬的民眾，曾使到許多人感泣，涕零，曾在民間散佈了文藝的種子。能夠推動時代的文學，就是偉大的文學。

他又繼續地說：

> 如果稍稍對於文學史有點常識的人都知道為適應一個時代，在文學上常常就有特種的樣式出現。如英國十八世紀初期，在俱樂部和咖啡店裡產生了不少的散文學，期第爾是寫政治小冊子和小報文章的作家，他在達特勒上所寫的文章，都是融合新聞、閒談、論文於一爐的雜文，但期第爾在英國文學史上佔有著重要的地位。……我認為在抗戰的初期，我們正有不少的詩歌、獨幕劇，報告文學在中國文學史上有特別的貢獻，這是不可否認的事實。

因此，如有些人們的意見，以為這一階段的作品，沒有小說的產生，故不足道，是認識上的一種極大的錯誤。

二、抗戰文藝的動態和動向

戲劇運動在這一階段中已蓬蓬勃勃地發展起來，鄭伯奇在略談三年來的抗戰文藝中說：

記得七七事變發生的第二天，上海方面盛傳我軍在盧溝橋英勇抗戰的消息，人心是興奮極了。住在上海的一群劇作者深感到偉大的抗戰時代的責任，經了幾度自發的集會討論之後，很快的成立了中國劇作者協會並決定由協會在滬會員中推舉章泯、尤兢、張季純、崔嵬、馬彥祥、姚時曉、姚華農、凌鶴、宋之的、陳白塵、阿英、塞克、夏衍、張庚、鄭伯奇、孫師毅等十六人，用集體創作的方法寫出了第一部抗戰劇本《保衛盧溝橋》的三幕劇。劇本尚未告成的時候，上海幾個較大的劇團，如業餘實驗劇社，四〇年代劇社，中國旅行劇團等幾個團體，莫不爭先恐後地要求該劇的演出權。

抗戰使中國的戲劇工作者團結了起來，並集體創作了中國第一個抗戰劇本——雖這之前，已有章泯的《故鄉》，尤兢的《秋陽》，以及《浮屍》、《打回老家去》、《一顆炸彈》等，但那不過是寫愛國青年和東北義勇軍的如何活動，和敵人的陰謀和殘暴，而寫我們正規軍和敵人搏戰的，這還是第一個劇本。所以這是中國劇作者協會一成立就產生的最有意義的成績，而現在是具有文獻的價值了。在它演出時的代序上曾這麼寫著：

> 當我們——中國劇作者協會的會員們——的一個時事煽動劇——《保衛盧溝橋》付梓問世的時候，盧溝橋事件已經是在暴敵的不斷壓榨下迅速擴展到整個華北；盧溝橋的民族自衛抗戰，已經是形成了中華民族生死存亡的關頭了。
>
> 我們深欣政府當局的抗戰決心，因為這不僅是洗盡了我們民族過去的羞辱和憤恨，且徵示了

我們民族復興的先聲，我們更痛感於前線抗戰的士兵們之英勇捐軀，因為他們既以他們的熱血捍衛了疆土，且為我們顯示了我們民族間之最好的典範。每當我們念及華北的民眾，是怎樣在暴敵的槍炮下受著蹂躪，無恥的橫暴裡受著摧折，我們便覺著我們這點滴的工作，實在還未盡每一個中國人的責任於萬一，實在還不能表達我們的憤怒半點。

我們——中國劇作者協會——願意和每一個戲劇工作者相聯合，更迫切地希冀著任何戲劇形式的從業員來與我們合作。在全民總動員的口號下，加緊我們民族復興的信號，暴露敵人侵略的陰謀，更號召落後的同胞們覺醒。

我們有筆的時候用筆，有嘴的時候用嘴，到嘴筆都來不及用的時候，便勢將以血肉和敵人相搏於戰場。我們不甘心做奴隸，我們願以鮮血向敵人保證我們民族的永存。

保衛盧溝橋是我們在戰時工作的開始，我們熱烈地希望這個劇本能夠廣泛的上演於前後方，我們更希望看過這個戲的觀眾，能和我們——和戲中所有的民眾士兵們相共鳴，高呼：

保衛盧溝橋！

保衛華北！

保衛祖國！

一切不願做奴隸的人們，起來呀！

中國劇作者協會

劇作者從此團結了起來，其他的戲劇工作者也團結了起來，在上海出現了一個上海劇團聯誼社，一個各劇團的聯合機關。這裡面最著名的劇團有十多個，有業餘劇人協會領導下的業餘實驗劇團；陳波兒、袁牧之、鄭君里、趙丹、顧而已、葉露茜、沈西苓、陳白塵、宋之的是這團體的主要人物。有唐槐秋主持的中國旅行劇團。有以金山、王瑩等為台柱的四十年代劇社。有許幸之組織的光明劇社。還有胡萍、魏鶴齡、周伯勳等所計畫復活的南國劇社等。及至「八一三」上海抗戰發生以後，上海劇團聯誼社和中國劇作者協會，又發起了戲劇界救亡協會的組織，戲劇界的大團結漸漸形成了。在上海和南京相繼淪陷以後，中華全國戲劇界抗敵協會在武漢成立，並發表了它的宣言，內中這樣的寫著：

在首都失陷，華中危迫的今日，集合武漢的全國戲劇界同人感於共同的要求，有中華全國戲劇界抗敵協會之組織，並在光明大戲院舉行成立大會，在這樣盛大的開始，敢舉數點告我全國同志。

底下便接著敘明了團結的意義：第一，我們的團結是為著抗敵，第二，只有抗敵使我們團結。這時，如文協的成立一樣，劇協的成立團結起了全國的戲劇工作者。

抗戰爆發的前後，話劇運動有一個顯然不同的特徵，前者的活動範圍限於沿海省份的幾個大城市上，如上海、北平、天津、青島等。由於這個緣故，它的觀眾也僅限於這些地帶的市民層，參加活動的也只是若干少數的知識份子。後者的活動中心，已由城市轉到鄉村，由文化的中心地帶移向文化較落後的區域。實際上，這一傾向的開始應當遠溯到「一二九」北平學生運動的下鄉宣傳，他們組織了許多歌詠隊，戲劇隊，深入到北平四周的鄉村和鎮店中。到「八一三」後，上海的十幾個戲劇團體和許多戲劇工作者組織了十幾個救亡演劇隊，洪深、王瑩、金山等所領導的第二隊，曾赴華北戰區工作，後來在武漢一帶活動，其中主要的工作者王瑩、金山等更率領著到南洋演出。此外，為適應客觀的需要，各地的青年也都組織了宣傳隊，用演劇作宣傳的武器，到農村中從事動員民眾的工作。前線上和敵後游擊區中各戰地服務團，也都有他們的演劇的組織。據一九三九年統計，從事戲劇工作者已有十三萬人之多，以後幾年當然更不止此數，因為兵士農民工人也都參加了演劇，甚而有些地區，兒童和老太婆也都有了他們的劇團。政府為了訓練戲劇幹部人才，除國立戲劇學校改為專科外，並一度設了四川省立戲劇音樂學校，雲南省立戲劇職業學校。國立藝術專門學校，魯迅藝術學院，民族革命藝術學院也都曾設有戲劇系，各省市並有關於戲劇的訓練班。戲劇運動一時現出蓬蓬勃勃的形勢。

突進現實生活的密林

一九三九年武漢廣州相繼淪陷，代替它們的是重慶和幾個主要城市。但因交通和種種條件的不便，作家和出版物已不是先前那樣集中的形勢，而形成了許多重心點。重慶成了中心文壇，此外，桂林、昆明、金華、成都，延安、曲江、永安，以至上海、香港也都成了重要的據點，許多作家分散在這些地區，每個地方都有它們的出版物。

這一階段，一九三九年的下半年和一九四〇年的整年，尤其是後期，是抗戰文藝極活躍的一個階段，也是極進步的一個階段。由於這一發展，「越發使它深入的，從量的普遍達到質的提高，使抗戰文藝運動，更具體的發揮著它的戰鬥的力量及任務」。作家們除了逐漸擺脫了表面化的「前線主義」的傾向，行動上克服了那種放棄了自己的陣地的行為，更重要的是修正了寫作上單純地以反映火線戰鬥為題材的傾向。「由於這個理解，作家在『現實生活的密林』中，執行了他對抗日革命戰爭所擔負的任務，汲取了在新的環境中生長的豐富的營養，組織了在新的現實中生長著的戰鬥的意志，反映了在這戰鬥的時代中影響著的新的人物和舊的人物。不但給他們以表現，而且還給他們以生命，以希望。」也因此，「作家觀察的視力射得更遠，更廣，更深。描寫的對象已不僅是戰線上的英雄，而且有了生產的英雄，有了在新的環境中生長起來的新的性格，有了被戰鬥的環境所改變了的舊的人物，有了在革命的列車上被殘遺的渣滓，有了代表著光明前途的新的形象，有了……總之，作家的筆觸，開闊了廣大的範圍，突進了『現實生活的密林』，開始了戰鬥的時代中作家的偉大任務。」

雜誌方面，在重慶繼續出版的有《七月》，《抗戰文藝》並自六卷起擴大篇幅，改為月刊。《抗到底》出過幾期後即停了，《文藝月刊》停頓了一個時期，又重行出版。隨著一九四〇年的誕生而創刊的有羅蓀、戈寶權主編的《文學月報》，在桂林的有周揚、沙汀主編的《文藝戰線》，不過出滿一卷便停刊了。

初在漢口出版，一九四〇年十一月在桂林復刊的有由孫陵主編的《自由中國》，以後並附出了文藝研究副刊。《野草》是十月間創刊的一個純雜文月刊，由夏衍、宋雲彬、孟超、聶紺弩、秦似等編輯，並出版野草叢書，有夏衍、紺弩、秦似、林林等的著作，由文獻出版社出版。此外還有《戲劇春秋》和《中國詩壇》，前者是由田漢、歐陽予倩主編。在成都文藝界的活動比較沉寂，那裡僅有文協分會出版的《筆陣》，一部分文藝青年辦的《揮戈》，《西部文藝》及《祖國文藝》，都不是怎樣充實的東西。在永安，這年的春天黎烈文、王西彥主編的《現代文藝》創刊，另外他們還辦了綜合性的改進月刊，出了改進叢書，裡面有唐弢的雜文集《勞薪輯》，艾蕪的散文集和葛琴、荃麟等的小說集。山西曾出過《西線文藝》，到第六期就停刊了。《黃河》是在西安，由謝冰瑩主編。在北方，文協分會曾出版過《文藝突擊》，不久即停刊改出《大眾文藝》，另外還有一個偏重文藝青年教育工作的雜誌叫作大眾習作。在昆明，有文協分會主編的《文化崗位》和《詩刊戰歌》。在孤島的上海，那裡有特殊的政治環境，給那裡的文藝戰士們以特殊的任務：和漢奸們肉搏，在敵偽的壓制恫嚇下奮鬥。在那裡《魯迅全集》和鄭振鐸編的《中國版畫史》的出版，不能不說是抗戰期間文藝界的大事。一些較為大部頭的書也仍然在上海出版。期刊中，茅盾、適夷主編的《文藝陣地》，出版到五卷二期，於八月間停刊。錫金主編的《文藝新潮》是一個頗具戰鬥性的刊物；此外還有《戲劇與文學》，和章泯主編，在重慶編輯，上海排印的《新演劇》，以及反映南洋文藝生活的《文藝長城》及唐弢主編的《文藝界》。還曾有過雜文刊物《魯迅風》，是一個極潑辣的期刊，可惜不久便停刊了。

在組織方面，文協分會已成立的這時有：成都、香港、昆明、曲江、桂林、貴陽、延安、晉東南等地。廣州、長沙、延安、香港、上海等處並有文藝通訊員的組織。

最先從事這種組織的是廣州文協分會，在它還稱為廣東文學會時即有這種活動了；不幾天內就有了三四百個通訊員，他們分佈在廣東各縣，以及江西、四川、貴州、雲南等地，其中有青年學生，有低級公務員，有店員學徒，也有產業工人。長沙的組織比廣州略後些，以後和廣州同樣，都停頓了。繼續活動較久的有延安，上海和香港。北方的荒僻地帶竟有文藝通訊員五、六百人，在那裡他們稱為「文藝小組」，這類小組普遍地分佈在各學校、各機關、各工廠、各部隊裡邊。上海有三百來人，香港則比較少些。在五戰區襄樊一帶，也有文藝站的組織，不過好像沒能怎樣普遍。

完善的通訊員的組織，常是按照住址分成小組，若干小組成為一個分站，所有分站都直接隸屬總站。總站經常地分發討論綱領給各分站，督促他們按時開會，並經常地寫文藝通訊，總站接到他們的習作，便批加意見寄還。由這裡培養出了大批的青年文藝工作者。

和文藝通訊員的組織有同樣意義的，是分散在各戰區、各敵後抗日根據地、各游擊區的許多文藝團體，他們大半由一些無名的青年作家所組織，在抗戰中都發揮了極大的力量。青年文藝工作者在這裡發展壯大，他們更用文藝作了動員民眾、教育士兵的工作。全國中這類的團體已多到不可勝計，僅晉東南一帶就有二、三百個。他們照例都各有自己的出版物，從小冊子到期刊，從鉛石印到油印或竟到抄寫的壁報。裡面常可以發現頗為優秀的作品。有的油印的雜誌，無論就內容或形式說，它們的充實和美觀都不次於許多鉛印的刊物。它們大部分能寫四號或五號鉛字那末大的仿宋或正楷字，裡面的插圖有的是美麗的三色套版，編排得活潑美觀，也是許多鉛印刊物所不能夠趕得上的。

在這裡還應當提及的是，這一階段的前期，一九三九年，中華全國文藝界抗敵協會派遣了作家戰地訪問團和參加了南北慰勞團，有計劃地訪問了戰地生活，參加了戰地工作，實現了成立大會中所指示的兩個標語：「文章下鄉，文章入伍」。參加這次出發的有老舍、王禮錫、以群、白朗、羅烽、宋之的，姚蓬子等，都曾跋涉數萬里，實際觀察，並經驗了戰鬥生活。他們回來更給我們帶來了一部作家訪問團叢書，有以群的《生長在戰鬥中》、白朗的《老夫妻》、葛一虹的《紅纓槍》、宋之的的《凱歌》、羅烽的《糧食》等。

和總會同樣的，有的分會也組織了文藝工作團，深入敵後，實際進入了部隊中去生活和體驗。

這時，戲劇的活動已有了極大的變動。過去農村中、軍隊裡、前線上的許許多多的演劇隊、政工隊被取消了。青年的隊員多半分散各處，另謀生路，大部分戲劇工作者集中到了幾個大城市，如重慶、昆明、成都等，組織了職業劇團，如中華劇藝社便是其中的一個較有成績的。

這一時期，除留在前方的很少的幾個演劇隊，仍承繼了過去劇運的作風，演活報、街頭劇、獨幕劇外，在城市中上演的都是多幕劇，並且一些為上海寫的劇本或外國劇本也都搬到後方的舞台上，就數量而論且占一個很大的比例。如《花濺淚》、《女子公寓》、《夜上海》、《明末遺恨》、《秦良玉》等，都在重慶和觀眾對面，它們的演出都被加上了「到重慶去」之類的抗戰內容，就是許幸之以《茶花女》改編的《天長地久》，末後也加了「抗戰去」的尾巴，成為極不自然的東西了。

歌劇《秋子》的演出，作為建立大歌劇的試驗，雖不能說怎樣成功，但已有了一些收穫，並從實踐中碰到了一些問題，也尋找出了解決這些問題的途徑，這使中國大歌劇的建立工作前進了一步。兒童劇《樂園進行曲》也在這一時期出現了，它的上演並為一些劇評所重視，因為尾聲採用了Great Opera的形式，在我國的劇壇上還是創舉，曾受到了熱烈的歡迎。自然就整個演出說，仍存留著不少的缺陷。

有人總括這一階段文藝運動的收穫指出五點作為結論說：

一、大量的發表著新作家的作品，這些作品又多半是帶著濃厚的年青的氣息，進步的傾向。而且，許多新的作家是從這新的實際生活中，培養和生長起來的。

二、一般的說，小說的產量比較多起來，表現的題材也非常的廣泛，人物性格的創造也被注意了，組織和反映現實的力量加強了。

三、介紹工作重新喚起了廣大的注意，進步文化的介紹在今天是顯得特別重要起來。

四、理論批評工作的逐漸加強，特別是表現在關於「民族形式」問題的論爭上，而且在批評的態度上，都表示了非常大的進步——也就是說，遠離開了行幫意識和人身攻擊的褊狹觀念。

五、學習和研究的作風逐漸濃厚，無論是在問題的討論上或者是理論的研究上，都表現了研究和學習的精神。

消沉的季節

一九四一年相反的是文藝界消沉的一年，本來蓬蓬勃勃的氣象全被春江的寒流沖散。自然，這是由於政治上的江南事件所影響。如有人所說的「當春天來了的時候，曾經有一個相當的時期是入於沉潛的情況中，作家在偉大的史詩的完成上，默然的在選擇著題材，默然的在蓄積著史實。」如果就出版物說，重慶只餘原有的《抗戰文藝》、《七月》、《文學月報》、《文藝月刊》等，及由上海移來的《文藝陣地》，在初春開始出版了第六卷第一期。從暮春到仲秋，書籍雜誌都呈了與季候相反的凍結的狀態。在整個的一年中僅《抗戰文藝》出過兩本，《七月》出過兩本，《文學月報》出過三本，文藝陣地出過三本。因此普遍地發生著書荒，一直到一九四二的春季，情形才漸漸地變好。

在文藝運動沉寂的一年中最活躍的地區是作為文藝據點之一的香港，因大批文藝作者的集中和一些書店資金的外移，香港的文藝活動在入夏以後，顯得蓬勃而活躍起來，除了有大量的報紙文藝副刊外，有茅盾主編的《筆談》、《文叢》;端木蕻良主編的《時代文藝》。以群等並創辦了文藝通訊社，作為國內與國外的文藝聯絡站，這個新的試驗，收穫了供應上的相當效能。

這一年間的孤島上海，雖然在敵偽奸逆的壓迫更重的情勢底下，也仍然出版著文藝雜誌，印行著文學書籍，繞道供應大後方的讀者，如金人譯的《靜靜的頓河》、梅雨譯的《對馬》、曹靖華譯的《油船德賓特號》、岡察洛夫的《懸崖》，和高爾基、屠格涅夫名著的出版。

在桂林，這一抗戰文藝運動的大據點，呈現了比重慶更活躍的姿態，除了《自由中國》、《野草》和純粹詩刊《詩創作》月刊外，司馬文森主編的《文藝生活》在秋季創刊，至年終出版了三期。單行本的書籍也有相當數量出刊。

在北方的某些地帶，這一年所出版的文藝刊物，我們能看到的，有《中國文藝》、艾青主編的《詩刊》、中華全國文藝界抗敵協會分會出版的《穀雨》、魯藝出版的《草葉》和一種小型的文藝月報。由於環境更適於研究工作的原故，那邊組織了魯迅研究會，並出版了叢書，一本是魯迅創作的選輯，一本是魯迅研究叢刊第一輯。後者是魯迅研究的收穫，內容分為四部：思想、創作、行傳和學術，執筆者有艾思奇、何幹之、魏東明、須旅、蕭軍、胡亳等。

在永安，《現代文藝》仍舊出版，改由靳以主編，出版到第四卷第二期，並出版了現代文藝叢刊。此外，有許多地方則全入於冬眠狀態。

昆明出版過一期《西南文藝》和《戰歌》，曲江、梅縣、立煌、洛陽等地也大半有小型刊物出版。在華北和蘇北一帶則開拓了新的基地，並且曾使用油印機出版過文學書，如在華北出版的《第四十一》便是一種印刷得非常精緻的油印書，實在並不稍遜於重慶鉛印的版本。

在理論批評方面，這一年也可以說是完全入於消沉的狀態中。在一九四〇年論爭得非常熱烈的民族形式問題，在今年我們唯讀到王實味的一篇文章，其中曾指陳了陳伯達、艾思奇、胡風等的一些偏向。此外再沒有聽到什麼迴響，關於現實主義的創作方法與世界觀的問題，雖然在去年的《中蘇文化》和《文學月報》上有過相當詳細的介紹，而今年也只見於《文學月報》刊載過的一次座談記錄。自然，這種消沉，也還是由於整個出版界消沉的原故。

一九四一年十一月太平洋戰爭爆發，孤島的上海遭了真性的淪陷，和這相距約一月後的耶誕節的一天，香港也陷入了敵手。這事情發生的結果，是海外文藝運動的據點喪失，內地仰給的兩處書誌的來源斷絕，我們海外的抗戰文藝的勁旅，被切斷了歸路，他們不得不暫時隱避起來，或冒險突圍回到自由的國土：這結果造成了一九四二年以至一九四三年秋，內地文藝界空前的繁榮。

內地恢復了繁榮

因歸國的文藝作者多半集中在桂林，一九四二年春桂林成為全國最活躍的一個文藝運動的據點。除以前的雜誌仍在繼續出版外，隨著一九四二年俱生的有王魯彥主編的《文藝雜誌》、熊佛西主編的《文學創作》、葛琴主編的《青年文藝》；冬初並出了封鳳子主編的《人世間》，此外還有《創作月刊》，《文學批評》和一些用叢刊形式出版的文藝讀物，如當死人復活的時候，山水、人物、陽光等叢書，野草叢書仍在繼續出版，並又有艾蕪主編的文藝叢書、司馬文森主編的文藝生活叢書。許多作家以香港淪陷作題材而從事創作，如茅盾的《劫後拾遺》、許幸之的《最後的聖誕夜》、華嘉的《十八天的戰爭》等。也有許多新的書店和出版社成立，它們主要的都是出刊文藝書籍，在滬港兩地的書店，也多半在這裡復業或籌備復業，翻印出過的書籍，並出刊新的書誌。

重慶比起桂林來較沉寂得多了。《抗戰文藝》一年只出了兩期，《七月》無形地停頓，《文學月報》也宣佈停刊，新出刊的只有《文藝月刊》改名的《文藝先鋒》和小型的雜文月刊《文風》。文藝獎助金管理委員會編刊的抗戰文藝叢書，一年中僅出了兩種，吳祖光的《正氣歌》和老舍的《劍北篇》。中蘇文化協會主編的蘇聯文藝叢書出版了《光榮鮮紅的花》等。這情形直到一九四三年的春天才漸漸變好，一些文藝作者又集中到重慶，出版界乃又熱鬧起來。新創刊的有曹禺及郁文哉等主編的《戲劇月報》、孫晉三主編的《時與潮文藝》及於六月出版由郭沫若主編的《中原》。叢書有以群、臧克家、田仲濟等主編的東方文藝叢書，徐昌霖主編的當代文藝叢書，文藝獎助金管理委員會編輯的文學名著譯叢等。

競寫長篇和翻譯名著成了這階段的主要風習，長篇創作出版的有田濤的《潮》、熊佛西的《鐵苗》，姚雪垠的《戎馬戀》，徐盈的《蘋果山》，歐陽山的《戰果》、吳組緗的《鴨嘴澇》、沙汀的《淘金記》、靳以的《前夕》、巴金的《火》、于逢的《夥伴們》、李輝英的《松花江》等。翻譯名著，自托爾斯泰的巨著《戰爭與和平》出版後很快地便銷售完了第一版後，這風氣遂漸漸發達起來，屠格涅夫、托爾斯泰、巴爾扎克、史坦培克等都被大量地翻譯了過來，並且出版了托爾斯泰、屠格涅夫的選集。從戰前翻譯方面遺留下來的一個壞風氣搶譯的習慣，仍然存在著，甚而並不怎樣了不得的東西，也同時有兩種或多至五六種的譯本競出。例如《人質》一書有五種譯本，史坦培克的《月落》有六種譯本。尤其在戰時，這不能不說是人力物力的浪費。

戲劇運動在這一階段表現得最為活躍，除了過去幾個劇團外，從海外歸來的劇人又組織了中國藝術劇社，從一九四二年的八月到一九四三年的六月，在重慶的戲劇季即有《法西斯細菌》、《長夜行》、《祖國在呼喚》、《北京人》、《家》、《金玉滿堂》、《哈姆雷特》、《安魂曲》、《復活》、《正氣歌》、《小主人》、《虎符》、《孔雀膽》等將近三十個劇本被搬上了舞台，而且平均每個劇本上演的場數也超出了以前的數字。有人說「就這一季觀察，除電影外，話劇在數量上，已經吸收了最大多數的觀眾」，這話是的確的。稍稍使人感到不足的是，在這大時代中反而描寫抗戰現實的劇本不到三分之一，雖然這不是單獨反映在劇本上的現象，可也是值得深思的一件事情。雖然，並不是全部歷史劇都與現實無關，現實主義的作品是可以取材於歷史事件的，只要這題材與現實有關，處理的方法又是現實主義的，便是現實主義的作品，也是與抗戰有關的作品。如《孔雀膽》、《正氣歌》等，就都應當這樣地去估價。

在每一個思想低潮的時代，色情文藝便會流行起來，在這一段時期裡這情形也極為顯著，一般讀者的苦悶需要發洩，於是許多供人娛樂消遣的色情文學應運而生。影響所及，為了迎合低級趣味，許多很嚴肅的作家也意識地或無意識地在自己作品中夾雜上或強調了愛情的或性慾的描寫。無間於小說或戲劇這情形都很強烈。打情罵俏的情形被作者所看重，插諢打趣也成了作品被注意的東西了。這風氣最盛的時期，京滬一些糜爛人性的小說竟在大後方的戰時首都翻版起來。

民主運動的高揚

一九四四年冬桂林失陷，貴陽危急，連首都的重慶都震動起來，作家們在湘桂流民的隊裡向內部逃避，在大後方的也都準備逃亡。政治的腐敗，軍事的脆弱，至此已暴露無餘，不過另一方面，中國也現出了一絲的光明，作家因以更堅定了自己的信心，更把握緊了自己的認識，在重慶，在昆明，在成都，文藝作家都參加了整個文化界對時局的呼籲。要求團結，要求民主，重慶文化界的對時局進言，一九四五年二月二十二日在報上刊載了出來，引起了極大的響應。進言中認為應實行的是：

一、由國民政府立即召集全國各黨派所推選之公正人士組織一臨時緊急會議，商討應付目前時局的戰時政治綱領，使內政、外交、財政、經濟、教育、文化等均能有改進的依據，以作為國民會議的前驅。

二、由臨時緊急會議推選幹練人士組織一戰時全國一致政府，以推行戰時政治綱領，使內政、外交、財政、經濟、教育、文化等均能與目前戰事配合。

其中認為有礙民主，應加考慮的有：

（一）審查檢閱制度除有關軍事機密者外不應再行存在，凡一切限制人民活動之法令皆應廢除，使人民應享有的集會結社言論出版等之自由及早恢復。
（二）取消一切黨化教育之設施，使學術研究與文化運動之自由得到充分的保障。
（三）停止特務活動，切實保障人民之身體自由，並釋放一切政治犯及愛國青年。
（四）廢除一切軍事上對內相克的政策，槍口一致對外，集中所有力量從事反攻。
（五）嚴懲一切貪贓枉法之狡猾官吏及囤積居奇之特殊商人，使國家財富集中於有用之生產與用度。
（六）取締對盟邦歧視之言論，採取對英美蘇平行外交，以博得盟邦之信任與諒解。

這進言的內容，主要的可說是一種要求民主的內容，文藝上民主運動的大潮遂高漲了起來。中華全國文藝界抗敵協會規定五四為文藝節，於一九四五年五月四日開文協成立七周年紀念會並慶祝第一屆文藝節。五四的精神是要求民主和提倡科學。每一種文藝運動都是根源於一種新的思想運動，同時又做它的先驅。民主與科學是當時的思想運動，也就是新文藝精神的所在，而提倡民主與科學，也就是新文藝的使命。今天最需要的仍然是民主與科學，所以思想運動也是民主與科學的運動。新文藝三十餘年來的奮鬥，從未離開它的崗位一步，如今將五四定為文藝節更加強了這一意義。

一九四五的初夏，法西斯的德國完全潰敗，這是一個民主的勝利，民主成為全世界最鮮豔的旗幟，這更刺激了中國國內的民主運動。第一次世界大戰以後，世界上新興起的最有號召力的是法西斯主義和共產主義，民主主義被視為過時的落後的無力的主義，第二次世界大戰卻使民主主義重新成了世界上最大的力量，沒有一個人敢公然地反對民主，沒有一個國家不以民主來號召。今天，世界實際上的最強國，只有資本主義的美國，和社會主義的蘇聯，但這兩個制度不同的國家都是民主主義的國家。同年的八月十日，法西斯的小夥伴，日本帝國主義，也發出了要求投降的哀鳴。全世界的民主力量至此獲得了完全的勝利。我們國內政治上「政治協商會議」的成功，曾使全國漸漸走上民主、和平、團結的建國大道，這使文藝的民主運動更邁進了一步。雖然接著政協決議即被少數頑固分子所撕毀，但民主運動的大潮在今天已沒有人能夠遏止了。

三、通俗文藝與新型文藝

舊形式的利用

活報與街頭劇

街頭詩與朗誦詩

速寫與特寫

講演文學與小說朗讀

雜文

秧歌與秧歌劇

舊形式的利用

老舍在三年寫作自述中說：

> 把小說放下，可不就是停止了筆的活動。我開始寫通俗讀物，那時候，正當台兒莊大捷，文章下鄉與文章入伍的口號正喊得山搖地動。我寫了舊形式新內容的戲劇，寫了大鼓書，寫了河南墜子，甚至於寫了數來寶。……就是那肯接受這種東西的編輯者也大概取了聊備一格的態度，並不十分看得起它們：設若一經質問，編者多半是皺一皺眉頭，而答以為了抗戰，是不得已也。

在抗戰初期，大致的情形正如老舍所說。「文藝無用論」，「前線主義」，把許多作家都激動起來，拋下筆，跑上前線。接著事實告訴了他們，應當用以參戰的仍是筆，並不是拋了筆另找別的武器，於是隨「文章下鄉，文章入伍」的口號，利用舊形式成了一時的風氣。好像不如此，民眾即不能接受，兵士也無法瞭解。通常被採用的形式，大半是舊劇、鼓詞、小調，以至數來寶等。

政府在武漢的期間，大家看是純載通俗文藝的刊物。許多別的普通文藝雜誌，也都刊載這類東西。一時「通俗文藝」流行起來：民族英雄戴了雉尾在戲台上出現，邁著方步大呼「來將通名」。「五更調」，「大牙牌」都改裝上了抗戰詞句。蓋由於：

通俗文藝依然活在民間，用它自己的語言，自己的形式，演唱，或講說自己的故事。它以簡陋的小冊子出現於街頭，也以簡單的歌調活在民間的口與心中。

而新文藝，從來就不能接近大眾。為了適應抗戰的需要，力求創作與民眾接近，於是產生了這對於舊文藝投降的趨向。這種盲目地向舊形式投降或利用舊形式的辦法，不但弄得奇態百出，結果且為舊形式所利用。幸而不久這現象被清算了。由於利用舊形式的實踐而發生的主要問題，迫切地需要解決，而且多半也都解決了。無條件地使用舊形式的辦法已不再繼續存在。舊形式也再不能只作為一時應急的東西而使用。通俗化的舊形式的利用，被作為是為吸收它的優良的滋養，進而創造新的形式，既不當拘在它原有的格式裡，也不能作為標語的框子，盡上一時宣傳的職責就算完事。它本身應有它的藝術性，原有的一些濫調應該避免。自此舊瓶新酒的運用無論在理論上在實踐上更向前推進了一步。固然此後通俗文藝的產量較前減少了，但不能認為是它的衰退，因為質量提高了。作這種努力時間較長的，有在顧頡剛領導下的通俗讀物編刊社，教育部的教科用書編輯委員會的民眾讀物組。田漢也還仍繼續他的新歌劇的創製，他的《新兒女英雄傳》就是一篇頗為成功的作品。歐陽山則寫了許多大眾小說，已經發表過的有《三水兩農夫》、《好鄰居》、《揚旗手》、《英烈傳》、《世代冤仇》、《流血紀念章》等。後二者已可說是由舊形式的利用，進而採取舊形式的優良成分而創造的新樣式了。自然，同時仍然還有些純粹利用舊形式的產品，如通俗讀物編刊社的叢書，教育部的民眾文庫，政治部的抗戰小叢書，以及西北戰地服務團的雜技，老舍、老向的舊劇和鼓詞。

活報與街頭劇

在民族革命戰爭劇烈地對侵略者的敵人展開的時候，現實的一切都在急劇地變動著，士兵和民眾也隨著戰爭進步了，他們都需要他們的讀物。作家們不能從容地把大時代的事件和人物鎔鑄到他的藝術形象裡，已流行的舊瓶新酒的鼓詞、小調，不能擔任起這一任務，於是能夠敏捷地直接地反映社會遽變，日常生活和鬥爭的小型作品，活報、街頭劇、街頭詩、朗誦詩、速寫、特寫……隨著通俗文藝的興起而出現，在文學的民族戰線上，演了輕騎兵的角色。它們漸漸代替了利用舊形式的作品，在許多雜誌上佔了主要的篇幅。它們在藝術上的成就，雖有極大的不同，有的是技術極高的東西，有的還是半熟品，但由於它們反映生活的魄力，對於讀者群眾發生很大的鼓動和教育的效果，是同樣的受編者和讀者的歡迎的。

在前線，在敵後游擊區及游擊區根據地，以及西北各地，活報成了最流行的教育大眾的工具。它被看為「活的報紙」，「動的報告」，它以趣味的方式來報告新的社會情形，政治動向，學術思想，工業生產……在群眾對於某一事件正在疑惑時，它便負起了正確地對群眾解釋的責任。它們的內容常是根據報紙上的新聞或新發生的社會事件，以完全真確的事實，配合上當地的風俗習慣，利用當地最流行的調子和土語，裝入新的內容。所以活報的腳本是有時間性的，隨時創作，隨時廢棄。因為這種原因，它流行在前線和敵後，也刊載在前線和敵後一些油印和鉛印的刊物上，後方的雜誌上反很少見到。它們的創製者多是在前線上工作的服務團團員，政工隊隊員，和一些在前線或敵後從事工作的文藝青年。

街頭劇也是大眾化的戲劇，比活報較為複雜，是大眾運用來教育自己，娛樂自己的工具。它比活報在各地方更為流行。抗戰以前的《放下你的鞭子》，是演出次數最多，效果最大，直到現在還到處不斷上演，還依然放著光芒，依然保持著生命的作品。在藝術性上，它比活報高，也比較有永久性。而它最大的特點是劇中的觀眾，佔有極重要的地位，他們混在觀眾裡面，暗暗地盡上指揮觀眾與領導觀眾的任務。這種形式簡單的街頭劇可以收與舞台劇同樣的效果，可以簡單地出演在農村的場院裡，樹蔭下，及前線上的戰壕邊，所以它之能夠流行並不是偶然的。街頭劇的作者也與活報同樣大半是在敵後或前線上和敵人鬥爭的文藝青年們，主要的作品除《放下你的鞭子》外有《活路》等。

街頭詩與朗誦詩

短小潑辣，用藝術的手腕反映當時發生的社會事件，以達到政治任務的牆頭小說，是富於戰鬥性的一種文體。抗戰以前在上海僅出過兩期的《文學青年》對它曾賦予了很大的注意。戰爭爆發以後，除了間或從游擊區帶來的油印刊物上見到這類東西外，後方的刊物或農村工作者好似都把它忘記了。有一個時期，共產黨的機關報，新華日報上，曾間或刊載一些，多半是游擊區的作品，內容也是寫游擊區的。大後方未見到更多的這類東西，而一般人們好像也未予多大的注意。如同在小說中有牆頭小說，詩中也有「街頭詩」「傳單詩」，這是不久以前由詩人田間在西北發起的一種運動。它以人民大眾為對象，以具體的戰爭以及政治的事件為題材。據說在那裡曾頗為流行一時，並且也發生了很好的影響。

和這相似的，一九三八年的夏天在武漢曾有幾個青年詩人和畫家舉行過一次街頭詩畫展。連環圖畫加上詩篇，詩和畫交織著表現出來一個故事。那時展覽的兩個題目好似是「一個女兵」和「殺人交響曲」，當時收到了很好的效果。以後在北方及重慶也曾舉行多次。

朗誦本來是詩應當具備的一個條件，但因年代久遠的文字和口語的隔離，把這條件早已失卻。為了加強宣傳作用，自然，更為了恢復詩的音樂性，詩歌朗誦運動被提了出來：主張利用流行的音節，通俗的字句，在大眾中間朗誦。載在《時調》創刊號上作為這一運動的宣言的馮乃超的「宣言」中說：

讓詩歌的觸手伸到街頭，伸到窮鄉，
讓它吸收埋藏土裡未經發掘的營養，
讓它啞了的嗓音潤澤，斷了的聲音重張，
讓我們用活的語言作民族解放的歌唱！

高蘭、光未然、臧雲遠等是致力這一運動的詩人。這運動首先在武漢展開，第一次在魯迅先生紀念大會中朗誦，得了很好的效果。接著在許多公私聚會裡都有了朗誦節目。其他各地如延安重慶等也都響應了這一運動。兩年後，在作為中心文壇的重慶由光未然等更組織過朗誦隊，並特別召集詩歌晚會，在每次文藝界的聚會上也照例有朗誦節目。到此，「它啞了的嗓音」因此「潤澤」，「斷了的聲音」也因此「重張」了。但由於用語的限制，仍然拘限在文藝界及愛好文藝的青年群裡，還沒能夠真正地把「觸手伸到街頭，伸到窮鄉」。

速寫與特寫

速寫和特寫是隨著抗戰而壯大起來的一對孿生兄弟。它們的特徵幾乎同是抓住客觀事實中最中心的一個特點，構成一個明確的主題；用輕鬆和經濟的筆法，加以具體與生動的描寫，使主題突出，給讀者一個明晰，正確，而又深刻的印象，以達到它政治的指導性鼓動性的任務。在抗戰初期，這類作品在每種刊物上都占了很多的篇幅，例如隨便翻開《七月》第二集，速寫就有東平的《我們在那裡打了敗戰》、奚如的《運輸員》、力群的《他們全用到前線去了》等。特寫就有史萍的《田梨先生》、曹白的《楊可中》、汝尚的《當南京被虐殺的時候》、里火的《憶鄭桂林》、ＳＭ的《咳嗽》等。不過以後，這類作品的產量無論從報紙或雜誌上看，比抗戰初期已少得多了。

講演文學與小說朗讀

講演文學是抗戰後新生的名稱。過去我們在集場上的空地裡或夏夜的街頭上，有說《水滸》、《三國演義》或《西遊記》的藝人，家庭裡邊冬夜的燈下引得男女兒童入勝的，有沒齒的老奶奶的講故事。藝人的說書，或老奶奶的講故事，大半都是根據流傳下來的事實。據說有的遺留到現在的輝煌的文學巨著，如《三國演義》、《水滸傳》等，它最初的形式便是這類流傳在民間的故事。如今的講演文學就是採取這種形式而產生的。提出這一名稱並致力這一活動的是胡考。他在《文藝戰線》上發表過一篇注為講演文學的〈陳二石頭〉。作者自己解釋講演文學說：

〈陳二石頭〉或者可以說是一篇新鮮的東西，因為他有些四不像：說他是小說又不是小說；說他是故事，與普通所寫的故事又不同。前次與徐懋庸先生談及這個問題，認為小說的最初形式是講故事，然而，這與目今的小說朗讀卻有出入，可供朗讀的小說，往往還是「看的小說」。陳二石頭是為講而寫的一篇故事腳本——或「講的小說」。懋庸先生特地送了一個名詞，稱這類東西謂之「講演文學」，我覺得很是適當。

於是在這裡遇到了這麼一個問題，講演文學與小說朗讀究竟有什麼不同？既然稱為朗讀，又為什麼「往往還是看的小說」？

關於小說朗讀，最初的提倡人歐陽凡海在一篇文章中曾說：

> 誦讀小說，卻有兩種中國的形式，大體上可以供我們參考。那便是茶館裡說書的形式和鄉下人談故事的形式。談故事，在中國農村中幾乎到處都看見，說書在較大的城市中，也很多。這兩種形式，各有各的特點。說書的形式，多表情，而且用顯明的動作配合著嘴巴，包含有很重要的演劇成分，說起來，手腳同時也做起來的。談故事的形式，表情自然有，手腳也不妨動，但在整個談故事構成中，這些動作與表情，所佔的比例很小。前者是粗線條的，硬性的，站在遠一點的地方，雖然聽不清楚，可因看見動作與表情而相當明白。後者是柔性的，表情不用硬線

條。比方中國舊戲用黑花臉表示粗暴，鼻子上塗白表示小丑，是硬線條的表情法，柔性的便不同了，好比新戲裡的許多喜怒哀樂，要仔細看，還要聽見台詞，才能瞭解一定的腳色的性格，不比舊戲那樣，只要看見一個白鼻子，便知道這人一定是扮演不正當的人物的了。所以談故事的形式，以聽為主。

但是小說朗讀與這二者有什麼不同呢？作者接著說，小說朗讀絕不是前二者任何一種的反覆，而是這兩種形式的一個發展。說書和談故事，講起來常常由講說的人隨便添改，以致與書本相去甚遠，而朗讀小說，則以小說為唯一藍本。在目前文字與口語還相距太遠的時期，先將小說中的文句加以語言化，自然是不能避免的。

從這裡看來，供朗讀的小說，並不應當是只可供看的小說，而是只有大眾化口語化的小說才適於朗讀。即便朗讀只可「看的小說」，也必定事先口語化始能適用。這不是講演文學與小說朗讀的內容並沒有什麼距離？目前小說多半上不得口是一事實，但這並不是朗讀小說的正常狀態。小說朗讀是小說走入民間接近工農大眾並因而更大眾化的路向，若文藝為工農兵服務的路線是正確的話，那末，今後的小說要口語化，至少要盡可能地接近口語，是無可置疑的。因此，講演文學與小說朗讀所要求的內容並無不同，名詞上也沒有立異的必要了。

雜文

雜文本來是魯迅所創造，也由魯迅發展到了極高的階段，成了文藝上的一種短兵，最銳利的戰鬥的武器。隨著魯迅的逝世，它曾漸漸地衰退下去，於是有人出來大喊復興雜文。上海曾出過《魯迅風》，桂林曾出過《野草》，各地報紙上的副刊，有許多是很注重雜文的。桂林、曲江、上海、永安等地，時有很好的作品出現。在中心文壇的重慶，《時事新報》的《青光》、《新蜀報》的《蜀道》都曾有一個時期偏重雜文，而頗引起一般人的注意。幾年來分佈在各地的雜文作者，有唐弢、徐懋庸、聶紺弩、宋雲彬、田仲濟、丁易、秦似等。

對於雜文的看法，無論以為它是文藝作品或非文藝作品，卻都承認它是鬥爭的武器。因此，對於這時代中是不是需要雜文，就有了兩種不同的主張：一種以為既然時代已是統一抗戰的時期，不該再有那種尖銳諷刺的東西了。雜文好像利刃，又像炸彈，用為對付敵人的武器，自然非常有效，可是如果對自己人玩起這個武器來，卻是非常危險的。另一種主張則以為魯迅式的辛辣博識的雜文在目前仍是需要的，在我們抗戰的陣營內，何嘗不隱藏著許許多多的發國難財的商人，吃抗戰飯的官僚，以及數不盡的黑暗齷齪？和這些抗戰的阻力，社會的蟊賊鬥爭，雜文不正是很適宜的武器麼？人身上的白血球是專為抵抗黴菌而存在著，雜文是專為和黑暗與頑劣相鬥爭而產生的。沒有一個人身上不需要白血球，也沒有一個社會不需要雜文，因為沒有黴菌沒有黑暗頑劣的社會直到現在還沒有產生，也不知道什麼時候能夠產生。

就現在已有的一些雜文看，它們所指摘與抨擊的一些黑暗頑劣，誰能夠不承認是事實呢？雖然這已是多方面的了，但仍以限於環境，限於言禁，做的還不夠博，還不夠深。還只是一鱗半爪，還只是一耳一鼻，即便合在一起也還未能表現出那頑劣腐朽與黑暗的全貌。

秧歌與秧歌劇

秧歌與秧歌劇是戰爭期間興起的東西。舊秧歌本為民間藝術中最普通最重要的一種形式，它的活動時期主要的在春節中，因為春節是群眾藝術的節日。是北方延安的藝術工作者和南方的東南戲劇工作隊，都不謀而同地注意到了它。於是初而就舊的加以改造，注入新的思想，新的內容，繼而糅合了各種民間藝術而創造了新的秧歌劇。尤其是在延安，形成了一時澎湃的空氣，幾於無人不會扭秧歌。

據說最初改造秧歌的是劉志仁，周而復在一篇文章中說：

> 劉志仁從一九三七年就開始鬧秧歌，他是第一個把秧歌和革命結合起來的人，從那時候起，秧歌開始有了革命的內容。其次，他把秧歌和跑故事結合起來了。所謂跑故事，共分兩種：一種是地故事，人化裝好在地上表演各種故事；另一種是馬故事，騎在馬上表演故事，故事大半是歷史上的，如「三英戰呂布」之類。地故事和馬故事，都只是表演性質，接近所謂「啞劇」那一種，沒

有唱的。劉志仁把它和秧歌結合起來以後，豐富了秧歌的形式，使簡單的秧歌，開始走上了秧歌劇的形式，得到群眾廣泛的歡迎。

秧歌只是單純的舞蹈，秧歌劇則是用秧歌的步法以外，又加上了唱詞和道白，採用了話劇的化裝，平劇的手勢與表情。道白有些舊劇的色彩，唱詞則糅合了小調，道情大鼓等。秧歌的表演法只是扭，扭秧歌可以男女老幼一齊參加，從幾個到幾十個人，手舞足蹈，近幾步，停一停，腰部左右轉扭。邊扭邊轉，幾圈之後開始變化隊形，按腳步，配著鑼鼓，互相穿插成各種圖形。秧歌劇的表演較秧歌更為複雜，每劇有一定的人數，有上場下場，可說是一種舊劇與話劇間的民間歌舞劇的形式。

無論就內容或形式講，目前的秧歌與秧歌劇，和它本來的面目已完全不同了。原來的秧歌，純粹是一種民間娛樂，內容大致有兩種，一種是諷刺的，諷刺官僚士紳，以發洩民間的苦悶；一種是娛樂的，多半為男女的調情。新秧歌則教育的意義重於娛樂的意義，幫助政府推行法令，因而擁軍生產衛生等成了主要內容。

秧歌在西北已成為文藝的主流，幾乎無人不弄秧歌。最初僅是少數的文藝工作者，作秧歌的改編和創製。以後由於「秧歌下鄉」，劇團有計劃地發展到農村中去，出演秧歌，為群眾服務，而漸漸地產生了「鄉下秧歌」，即是戲劇工作者進而有計劃地分成許多小組，幫助群眾自已動手弄秧歌。因此，目前秧歌的內容，是現實的，多方面反映了群眾生活，有力地提出了當前的社會問題，也解決了這些問題。其中主要的作品有《動員起來》、《兄妹開荒》、《牛永貴受傷》等。

四、長足進展的報告文學

報告的產生

大時代的寵兒

戰爭的素描

敵人的泥腳

由事件到形象化

由前線到後方

偉大作品的等待

報告的產生

「報告文學」是一種年輕的文學，不獨在中國，就是在世界上也是一種新的文學體裁。一九三一年的「九一八」以前，中國還沒有報告文學，那時雖也有類似報告文學的作品，也未被稱為報告文學，因為報告文學這一名稱還未被確立起來。到一九三一年的「九一八」日本侵佔東北四省之後，為著反映當地的反日運動及表達自己的激越的情緒，各地青年寫了許多報告文學性的作品，刊佈在各地的新聞雜誌上，這可說是中國報告文學的嚆矢。不過，報告文學在中國新文藝中確定了它的地位，成為新文藝的一個部門，還是「一二八」以後的事情：

一九三二年一月二十八日上海抗日戰爭底序幕揭開以後，中國新文學作家們首先表示了熱烈的響應。他們不僅參加了當時最進步的反日團體「上海民眾反日救國會」，擔當了一切宣傳工作；並且還親冒炮火，出發前線：親自將慰勞品，宣傳品送到最前線的戰壕中，送到戰士們的手裡，又從他們底口頭裡搜集了前線的材料回來；同時還組織了慰勞隊，募捐隊，親自出發慰勞和聲援上海日本紗廠的罷工工人。

這一切艱苦工作底結果，就是給中國新文學帶來了一種新的收穫——大量的報告文學底產生。其中最引人注目的，是兩位一向不以文學為務的青年的作品——戴叔清底《前線通訊》，白葦底《牆頭三部曲》。前者曾有過士兵底生活經驗，而後者則經過了長期的工廠生活。此外，知名的新文學作家——丁玲、沈端先、適夷等也都寫了不少的報告文學。後來，這些作品大部都被收集在《上海事變與報告文學》（錢杏邨編，一九三二年出版）一書中。

此外，死守吳淞口的翁照垣曾寫了《淞滬血戰回憶錄》。那時期的唯一的文藝報導性刊物《文藝新聞》，對於報告文學運動也盡了最大的力量，刊登了許多報告文學的作品，並第一次介紹了關於報告文學的理論。所以，中國報告文學正式的發端期應是「一二八」。雖「一二八」的抗日戰爭不久即告終止，全國民眾的抗日運動卻一直繼續地發展下來，而報告文學即是「吮吸著抗日鬥爭底乳漿而成長起來的」。

「九一八」以至「一二八」時期的報告文學的題材大抵限於前線的戰鬥，敵人的殘暴，士兵的生活，民眾的活動等。自一九三二年以後，「在中國革命的文學團體底有計劃的推動之下，報告文學與『文藝通訊員』運動相結合，它的作者範圍及於專門文藝工作者以外的都市店員、工人、學生及種種薪金勞動者，乃至一部分鄉村知識份子。因此，它的題材擴及於都市底工人生活，店員生活，各種職業生活，以及鄉村間的農民生活等。這些作品，雖然大半不是直接寫群眾反日運動，然而卻從各種各樣的生活部門中反映出了日本帝國主義底得寸進尺的侵略給中國人民大眾帶來的災害。這間接的反映卻更真實，更深刻，更動人地寫出了中國人民大眾生活底慘重與艱辛！同時也說出了中國報告文學底大步的躍進。這些作品，散見於當時的雜誌報紙，後來部分保留在《活的記錄》（孫瑞瑜編，一九三五年出版）一書中」。

從一九三二年的「淞滬協定」，到一九三七年「七七」的幾年，是波瀾重重的幾年，這中間有熱河失陷，冀東自治，何梅協定，華北特殊化，整個的中華民族在磨難中掙扎，「是中國人民大眾生活在窒息狀態中的最痛苦的時期」。這時，作人民大眾的代言人，發出了壯大的呼聲的，是站在每次救國反日運動陣線上的青年學生和文藝工作者。平滬以及各地的青年學生，尤其是北平的，他們以呼籲、請願、遊行、示威等行動表示他們內心的願望，而文藝工作者也把主要的力量傾注到這一事件上，以他們的筆記錄了這些轟轟烈烈的勇敢正直的行為。如以群說的：

> 中國的報告文學，是從民眾反日，抗日運動的土壤上產生的，而青年學生則永遠是反日運動底主力，因此，報告文學也就與學生運動結下了血肉的因緣。從「一二八」前後的南北學生首都大請願起，青年學生們底慘痛的奮鬥是一直在中國報告文學中留下了血跡斑斑的記錄的（只可惜這些作品都未被保存下來！）。

大時代的寵兒

一九三五年的「一二九」與「一二・一六」運動，北平空前廣大的學生運動，驚醒了全國民眾，掀起了普遍的抗日高潮，這給報告文學以新的生命，使它得到了劃時代的發展。

在這一時期，國外的優良的報告文學已經輸入了，最著稱的是基希的《秘密的中國》和愛狄密勒的《上海——冒險家的樂園》的翻譯，二者都是取材於中國土地上的作品。有一個時期，上海曾出版過名為報告的刊物，專刊報告文學和各地通訊，可惜很短的期間就夭折了。比這晚些的，一九三六年以來，綜合性質的《大眾週刊》、《讀書生活》半月刊，和兩個文藝半月刊《中流》和《光明》，以及別的幾個刊物和日報的副刊上，都刊登過不少的優秀的報告文學。它們多半以東北黑山白水間義勇軍的英勇的鬥爭，敵人的殘暴和獸行，以及華北特殊化下日鮮浪人的販賣毒品，綁架兒童，直至壓迫抗日思想，戕殺苦工，海河浮屍等作題材。

由此可以看出，「中國社會現實底激變供給了文學以異常豐富的素材，而文藝者要追隨著現實底激變，急速地反映在自己底作品裡，以便其發生直接的社會的效果，就不能不用報告文學底形式。中國報告文學是在這樣的社會條件之下發達起來的。」並且，「社會現實底激變不僅推動了作家從事報告文學底寫作，同時，更鼓動和吸引了大批青年參加報告文學底寫作，這些並非專於文藝的青年，幾年來卻一直成為報告文學的主力。因為他們生活在各種社會部門中，感應著種種的生活印象，因此，也給報告文學帶來了異常豐富的內容。」

最大的激變和帶來的最豐富的內容是一九三七年的「七七」和更一個月零六天以後的「八一三」事變，北平上海先後燃起了抗日的烽火，爆發了民族解放的戰爭：

作家的生活隨著現實底激變而發生了劇烈的變化，他們感受著紛繁複雜的生活印象和經驗，激起了熾烈的熱情；這熾烈的熱情和豐富的生活印象，逼著他們選取最直接而單純的形式，迅速而敏捷地記錄出生活底事實！並企圖使這種記錄直接地影響社會底改革，發生社會的效果，而報告文學就是最適合於完成這種任務的文學形式。這是抗戰以後，報告文學特別發達的一個基本原因。

就是基於這個基本原因和一些別的副因，例如青年的文藝讀者和因戰事激動而酷愛報紙雜誌的讀者群，都熱望能在文藝作品當中很快的看到他們所關心的抗戰事業的記錄和反映：因戰事的影響，在抗戰初期，大型的雜誌書籍不得不暫時停頓，短小的報告和詩歌，於是就成了當時文藝部門中的中堅。因此報告文學一時成了中國文藝的主流，成為最廣泛，最適切的反映這動亂時代的文學形式。它擔負了政治和文藝突擊的任務，也擔負了反映和教育的任務。

所以，在抗戰初期中，無論是期刊，是報紙的文藝副刊，或是單行本的小冊子，可以歸在報告文學這一文學形式下面的作品佔了絕對多數。這是當然的，因為「這時代太偉大也太複雜了，當作家投身進去以後，就會接觸到紛至遝來的，新的生活形象；這時候，為了主觀的欲求也為了客觀的需要，他不能不隨時向讀者傳達，作為認識現實的材料，改革現實的控訴。」「在抗戰這樣一個偉大時代，不僅英勇的戰績，悲壯的軼事，成了作家最好的寫作對象，就是動盪的社會的一切動態也都引起作家的關心。」但也因為這個原因，它生長得過於迅速，也帶來了一些缺陷：作者在緊張的場合中願寫下他所看到的一切現象，或是由於必須疾速地執行他的政治任務，或是為壯烈的場面，英勇的故事所感動，沒有餘裕的時間去構思，去體驗，廉價地發洩感情或傳達政治任務的結果，就往往成為新聞紀事或攝影主義的現實的再現。專寫事，而不注意寫人，人物完全成了概念化的東西。抗戰的決心和勇敢，對目前犧牲的忍耐，對最後勝利的信心，都分配在人物的身上。加博爾說：「在偉大的報告作品的場合，它的目的不僅僅是在於再現一時的現實，而是在於造出一個那一瞬間的世界的形象。」目前的報告可是常是現實的再現，很少是形象的創造，成了類似通訊的東西，失掉了報告的藝術性。

戰爭的素描

雖然這樣，我們過去六年中仍產生了不少反映中國社會現實的各方面，勾勒出中國的縮圖的報告文學，這在整個創作的部門裡也不能不說是很優秀的作品。就描寫各戰場的情形以及救亡青年投向戰爭的一方的題材說，寫下了東戰場的有ＳＭ的幾篇優秀的戰役報告，如：《閘北打了起來》、《敘交遭遇戰》、《從攻擊到防禦》；駱賓基的《東戰場別動隊》；東平的《第七連》和《我們在那裡打了敗仗》等。

寫北線戰鬥實景的，有姚雪垠的《戰地書簡》、《四月交響曲》；碧野的《北方的原野》、《太行山邊》；劉白羽的《游擊中間》；黃明的《雨雪中的行進》；王朝聞的《二十五個中間的一個》；田濤的《黃河北岸》；立波的《晉冀察邊區印象記》等。

寫各地青年熱情地投向戰爭，興奮地在戰場上參加各種活動的有蕭苵的《船上》；駱方的《走向戰鬥著的黃土層》；柏山的《蘇州一炸彈》。他們以「參加者底的資格親切地報告了那一群青年們到救亡戰線上的艱苦而勇敢的奮鬥過程」，「親切而逼真地表現出了那些，那些青年們底熱情，坦白，勇敢，無慮，和不知疲倦的精神。」

反映在這些作品中的是抗戰第一階段中初期的戰鬥映象：

《從攻擊到防禦中》，寫出了上海戰役的某一本質，說明了這一戰役的不是攻擊而是防禦，作者用形象提供了這一戰役的性質，批判了在這一戰役中的缺陷。在《戰地書簡》中寫出了一支封建性非常濃厚的游擊隊，雖然那個有著夏伯陽型的司令官，可能變成一個優秀的民族英雄，但是在濃重的糾纏不清的封建關係中毀掉了。這是一篇很好的報告，它說明了革命和封建的矛盾存在著！民主和反帝必須是保持著密切的關係，才能取得勝利，才能保證勝利。這是表現了抗戰初期所號召的「政治問題」！同樣，許許多多的舊的素質開始變化了，新的人物在戰鬥的生活中生長了起來。

北方的原野和太行山邊，描寫了北方的原野和山嶽中的民眾游擊隊的生活，使我們接觸了有生氣的人物——青年農民出身的游擊隊員黑虎，以及從各方聚來的青年戰士的新鮮的姿態。真實地說明了民眾自發的武裝結成的原因，以及它鬥爭，改造，和成長的過程。李輝英的軍民之間和其他的一些報告文學，使我們接觸了許許多多動員民眾工作的政治員和參加到軍隊中去的知識份子。ＳＭ是在初期的上海戰爭中占著重要地位的部隊中的一位排長，從「八一三」底前夜，那部隊奉命以急行軍開到閘北，以至閘北的戰爭底展開和擴大，而成為規模廣大的殘酷的上海大戰，這一個在中國抗日戰爭底歷史上佔著重要地位的過程中，他都活動在部隊中，作著艱苦的下層的指揮和執行的工作。因此，他的報告是寫得異常地親切、逼真和細密的。他寫出了戰爭的前後，民眾、員警、士兵對於抗日戰爭的焦灼的期待。士兵們嘈雜地喊著：「抗過日我就不當兵了，我就回家去種田了！」，「抗了日我死也就甘心了。總算當兵也當出了這樣一個好結果來！」，「假使不是打日本，又是自己打自己，老子不開他媽底小差真不是個人！」老百姓完全以新的面貌來對待軍隊，自動地預備了茶水，供給士兵喝，而且堅決地不肯收錢，甚至連賣油條的都不再計較一兩根油條的代價：對著這些決心來抗日的戰士，他們嚷著：「逃的是亡國奴。」，「對了，我們一起打起來，租界也沒用，一定。」而在幾個戰役底描寫中，他更樸素而不加修飾地寫出了士兵生活的一般特徵。東平是一位有過多年的軍隊工作底經驗的成名的作家，從一九三二年起，就不斷地發表了許多優秀的短篇。抗戰發生以後他又參加了軍隊底工作，活動在京滬線上。《第七連》和《我們在那裡打了敗仗》都是以第一人稱（連長丘俊和江陰炮台守將方叔洪上校）敘述兩個戰役底經過，而在那動人心魄的殘酷的戰爭底描繪中，復把主人公底性格作了深刻的刻畫，浮雕似地寫出了人物底靈魂，同時也提出了戰術上的一些問題。立波的《晉冀察邊區印象記》報告了廣大的敵後抗日根據地的創立和發展，描繪了活動在這地區中的新人物的面影以及建築在這新基地上的新事業的萌芽和成長。沙汀的《游擊縣長》、《老鄉們》、《偽軍和偽政權知識份子》等寫出了河北中部游擊隊根據地中人民的姿態，和一切事物在鬥爭中改變和蛻化。荒煤的《童話》、《誰的路？》，以群的《渡漳河》，葛陵的《青菜及其他》，報導了晉東南游擊根據地的姿態。何其芳的《一七一五團》和《大青山》，曹白的《半個十月》，《潛行軍》和《富曼河的黃昏》等則分別地描寫了大青山及長江兩岸游擊隊的建立和活動，以及他們怎樣地從艱苦中成長起來。

取材於敵人獸性的轟炸，我們戰略上的幾次的大退卻，和失去的大小的城鎮中敵人的虐殺的也有多多少少的作品。特別是一九三九年「五三」、「五四」敵機對陪都野性地轟炸和焚燒，中華全國文藝界抗敵協會會報《抗戰文藝》出刊了轟炸特輯，作為她對企圖威脅壓服中國民眾抗日決心的答覆。老舍的《五四之夜》、宋之的的《從仇恨生長出來的》、秋江的《血染的兩天》等，也都做了有力的描述和控訴。其他如草明的《遭難者的葬禮》、默容的《空襲》、燕軍的《廣州受難了》——報導了廣東的慘炸、俞棘的《第一顆炸彈》——報導了福建的災害。在這些文章裡，記錄了敵人血污的罪行，中國民眾的受難，更重要的是仇恨的生長和復仇決心的堅強。

反映出退卻的艱苦和動人的事蹟的有徐盈的《衝取聯絡線》、《天虛的餓》、《火網裡》；王西彥的《四個雞蛋》；應清的《衝過第二道攔阻線》等，敘述了徐州突圍。倪受乾的《我怎樣退出南京》，敘述了南京的淪陷。于逢的《潰退》，敘述了增城、廣州的退卻。這大抵都是憑著作者所見或親身的經驗寫出了當時真切的情形：

> 一面敘寫著我們底隊伍的堅韌的戰鬥精神，所遭遇的艱難和阻礙，以及對於這些艱阻的克服，同時也寫出了戰區的民眾對於苦戰的軍隊底援助和愛護，各部隊對於民眾的各別的看法，各軍隊內部的許多生活的特徵，各軍隊中出身不同的人物的性格的矛盾，以及我們的臨事慌張，未做充分準備的近乎「荒唐」的許多不合理的事實。這些作品，隨著作者視角的不同，所見的不同，表現

了種種紛歧的事實；而綜合起來，卻可以看出了是真的寫出了「光明」，也寫出了「黑暗」，報導了「可樂觀的事蹟」，也報導了「可悲觀的現實」。

寫失地上被敵人血手虐殺的情況的有魏伯的《偉大的死者》——寫下了晉南的虐殺；莎寨的《文明人所走過的地方》——寫下了晉東南的獸行；汝尚的《當南京被虐殺的時候》，適越的《第七次挑選》——寫下了南京的虐殺；侯風的《血債》——寫下了蕪湖的災害；適越的《人獸之間》——寫下了杭州的血仇。這些損害是廣大而慘重的，歷史上空無前例，著名的揚州嘉定的屠殺都無法比擬。

抗戰初期還有兩種最流行的題材：一是逃亡的生活和逃亡中的經歷；一是傷兵生活及為傷兵服務者的感驗。前者包括了作家，知識青年以及億萬火線上及失地上難民的流亡，後者大抵是男女知識青年投身救護傷兵工作的經驗的實錄。

關於取材於逃亡的生活和逃亡中的經歷的有蕭蕪的《從北平到天津》、劉白羽的《逃出北平》、姚烽的《從捕殺網裡脫出》，記錄了從北平的逃亡；蕭蕪的《檢查》、蹇先艾的《塘沽之日》，記錄了經過塘沽時被敵人的檢查；李希達的《逃亡》記錄了從鎮江的逃亡。而曹白的《這裡生命也在呼吸》、《在明天》、《受難的人們》、《楊可中》，金維新的《難民收容所斷片》，孫鈿的《奴隸》等則記錄了「八一三」後在上海租界中的難民生活和為這些難民服務的青年的活動；植山的《懷鄉病與難民》、《一夫的遺散》則記錄了武漢時代的難民生活。

在這些報告裡有的寫出了難民收容所裡非人的生活，有的寫出了難民的疾病和災難，困窘和饑餓，並在苦難中更堅強了的抗戰意志以及在苦難中更充分的顯示出的人性的善良和友愛和為難民服務的知識青年的熱誠、英勇和犧牲的精神。自然也寫出了另一面的白鮓似的專吸吮難民血汁或竟販賣難民的無恥者。如有人說的，在這些報告裡：

其中特別值得注意的是曹白的作品。他以一個知識份子底身份參加了救濟難民的工作，經常地在難民收容所裡服務（做過「管理員」及「主任」），生活在難民們之中，和他們過著甘苦共同的生活，因此，在他的幾篇作品裡，親切地表現出難民收容所的沉鬱的空氣和難民們的真實的狀態；他以他的知識份子的敏銳的感覺，體驗出了隱藏在難民們的心裡的深沉的痛苦和情愛，指摘出了部分主管者的貪欲、險詐和惡毒，特別是表現出了一些不解世故，不知利害，不惜犧牲的青年，在那樣的環境中，怎樣地為難民們愛戴，而被險詐者嫉視。……特別是《楊可中》那篇，寫出了一個純潔坦白而孤傲的青年（楊可中）在那黑暗的環境中不能容身，經過幾番的苦鬥，而終至於死亡。描寫楊可中這一個人物的作品，卻同時暗示了作者和難民們的未來的命運。

到了武漢時期，作者們在他們的報告裡更進一步地提出了急迫的難民根本解決問題。取材於後者的，傷兵的生活的，有駱賓基的《救護車裡的血》、《我有右胳膊就行》、《在夜的交通線上》等，寫出了上海方面的傷兵；史筠的《護士的一日》、于方簡的《在傷兵醫院》等，寫出了漢口方面的傷兵；曼倩的《第五重傷室》，寫出了安慶方面的傷兵。在這些報告裡，有傷兵英勇的戰鬥故事和他們的永遠那麼健康和雄壯的心懷；也有他們受傷後慘苦的生活的影像。

但由於這些報告的作者——初投入戰時工作的知識青年——對於傷兵接觸時間的短促，「大都只能寫出傷兵的一般的表面的特徵，而接觸不到他們個別的內部的特點，因此，在初期的報告文學中所出現的傷兵，除了身體底痛苦和生活的惡劣之外，大多都是勇敢無比，精神健康的純然的英雄。這主要的原因，還是作者沒有真正地瞭解傷兵們的生活和心理，沒有把握住個別的傷兵的性格的特徵。其中特別值得注意的是一位叫做慧珠的無名作者的一篇報告《在傷兵醫院裡》（載《烽火》第九期）。作者是上海的一位女學生，『八一三』之後，激於抗敵的熱情，才和她底同學一起自動進了『□□傷兵醫院』去當護士。這篇作品就是報告她底護士的日常生活，但是由這裡，卻真實地寫出了傷兵病院底淒慘而緊張的空氣，以及受傷的戰士底天真、淳樸、善良的性格，特別表現得真實動人的則是這位未經世故的女知識青年，投在這個陌生的環境中，接觸著一切從未經歷過的生活，在她心裡所激起的微妙的感情。這種感情是真實的，也是富有非常的感人力量的。」

敵人的泥腳

在戰爭的進行中，敵人的泥腳一天一天地深陷，敵軍兵士的狼狽、困窘、悲觀、絕望，和因此而反應出來的殘暴、荒淫和厭戰以至自殺，也與時俱進地普遍起來；並此外的俘虜的轉變，以及在華日人反戰的活動，也有一部分作者取為題材做了忠實的敘述。立波的《敵兵的憂鬱》、何其芳的《日本人的悲劇》、荒煤的《破壞嗎？建設嗎？》、以群的《聽日本人自己底申訴》等敘述了敵兵的困窘和厭戰。

用同類題材寫出了同一主題的《未死的兵》，在這裡也應當提出。這雖是出自日本作家手中並產生在日本國土上的一本作品，卻也忠實地報告出了這些情形。作者是一個參加日軍侵華部隊工作的青年，這個部隊由華北輾轉在各地作戰，以至南京的攻擊。這本書中也就寫出了從「七七」後不久起到南京陷落止，這一階段中他親身經歷的一些事蹟：敵軍到處的焚殺，劫掠，和厭戰自殺。

天虛的《兩個俘虜》和沈起予的長篇《人性的恢復》，寫出了俘虜的轉變。後者作者以一個辦理俘虜工作者的資格，用第一人稱自第一批俘虜的抵滀起到組織「在華日本人民反戰同盟」正式成立止，寫出俘虜心理的轉變，由中了日本軍閥宣傳的毒素，以做俘虜為恥辱，並懼怕殘酷的虐殺，到覺悟後真正認識了敵人和友人，而參加反戰的工作和組織，成立反戰同盟，出發到最前線上，對敵軍宣傳。也就是從人性的喪失寫到了人性的恢復。全書中並寫出了植木和三船兩種浮雕似的性格。除了日籍俘虜外也淡淡地描繪了幾個啞巴的華籍俘虜，雖然是附帶的幾筆，可也畫下了人類史上從來未有的日本軍閥毫無人性的罪行。

慶鈞的《祖國的愛》則純粹地寫出了偽軍的悔悟。在華日籍反帝作家鹿地亙的《我們七個人》，是一個寫反戰同盟在前線上活動的長篇報告。作者用第一人稱寫他率領西南支部至昆侖關前線以及深入九塘附近對敵廣播的工作。在這裡描繪出了「由我們真正友人的日本反戰同盟諸同志，在這火線上，利用播音機親自向敵人廣播，說明這次日本軍閥侵略中國是如何違反正義與人道，並勸日本士兵不要再受日本軍閥的欺騙，應趕快反戰，投誠我方，共謀中日兩國的真正幸福，打倒我國的共同敵人」。隨著敵人的潰退，他們這支廣播的部隊也急進追擊，從虜獲的文件上，遺棄下的戰壕土壁上的字跡間，寫出了敵軍對戰事的悲觀，普遍的思鄉和厭戰的心理。

後期的報告文學，除了寫前方的情形以及中華民族的受難外，更注意到了大後方的建設和生產。記錄大後方各生產建設部門中工人們為提高生產效率，不顧己身利害而熱忱地努力的情形的，有荊有麟的《第十三號分廠》、《在大炮廠裡》、《火焰下的一天》；木楓的《一〇六號橋》等。

記錄北方荒涼的原野裡，在艱難的物質條件下，以新的精神和新的方法突破自然和物質的限制，改善了人民的生活，造成了奇蹟似的生產速度的「人類征服自然的故事」的，有高陽的《達布赤克的開拓》、朱聲的《開荒》、夏雷的《生產插曲》、孔厥的《農民會長》、天監的《秋收的一周間》、程海洲的《印刷廠的生產突擊》、劉亞洛的《一三〇只油桶的計畫是怎樣完成的》。

寫在整個興奮的環境裡，舊的人物的改變，新的人物的產生的有雷弓的《越老越進步》，劉亞洛的《一支工人分隊底出發》。從這裡更顯示出了民族的再生和抗戰的光明的前途。

在整個民族的新生中，有些地方還遺留了未清除的腐敗的機構，或者且竟有意外的惡朽的物事存在，這所謂社會的黑暗面正如人身上的瘡癤一樣，是難以避免的。大膽地暴露出這些惡跡的有陶雄的《某城防空紀事》、周冷的《胡隊長》、李喬的《饑寒襤褸的一群》、唐其羅的《沙喉嚨的故事》、黃鋼的《開麥拉之前的汪精衛》，後者活現出了中華民族立國以來，張邦昌後的出賣民族和國家的一副巨奸的形姿。

由事件到形象化

由上面的敘述可以看出戰爭使許多作家們分散著投進了各方面，及億萬的參加各種工作部門的知識青年中新作家的不斷地產生，使報告文學因此而豐饒多彩，成為抗戰文藝中最發達的一部門，尤其是在抗戰初期，在數量上它壓倒了所有的別的創作，質量上也有許多藝術芳香很強烈的作品。

自然，在初期的這些作品裡或多或少地也還遺留著一些缺陷。例如過於重視了新聞報導的任務，形象化的程度還不夠，如：《從攻擊到防禦》和《游擊中間》在這一方面就有很大的距離。《游擊中間》如作者在後記裡所說的，是匆忙中的急就篇，當然難免有概念化和只是現實的再現的毛病。其中包括的五篇報告中，無論《八個壯士》中寫由旁人嘴裡聽到的八個壯士的在夾溝裡的戰績，親切地會晤後的印象或再度上前線的情形；《搶槍》中寫一個小游擊隊搶敵人的槍的經過；《襲擊》中寫游擊隊襲擊敵人的汽車；《一個俘虜來的東北人》中寫一個東北的同胞被敵人強抓走，塞上火車，開到關裡來以及被俘後的情形；或在×村中寫我某游擊隊在呂梁山懷抱中某村中的情形，都是這樣。例如寫遭過敵人屠殺焚燒的村莊：

……那是可怕的，闃無人聲的寂寞的鄉村。掛著些紅葉子的瘦長樹，好似向默默中在哀悼著一陣死殤的沉痛。很失望。他們在那裡看到的，只是太陽光中的一隻癩皮狗，它像久倦於生命了，那樣陳設著——唔！它已經死了。他們判斷這也許是一個遭過劫的鄉村。

（第十五頁）

……他煩躁的邁了幾步，望望那不遠冷落的草場：打麥呀！芝麻呀！全不是那末回事了，呸！見鬼！叫人們怎樣生活，毀壞了農村……

（第十七頁）

寫在雪地裡昏夜中埋伏著襲擊敵人的游擊隊是這麼寫的：

夜是寒冷，溝中更是濕冷。

這群只穿著棉軍衣的同志們會不會感到寒冷呢？會。但是民族解放的熱血沸騰著，他們忍耐了。

他們有健壯的身子：他們不怕苦，不怕犧牲——才有今天這到達敵人側後方，來破壞交通線的行動。我們該緊緊記著：風霜雨雪中的同志們！

他們躲到溝裡。

黑暗中，緊緊偎著，有的同志酣酣睡著了。

草原上：臘月的老北風，怒號著，呼——呼……的旋捲起來又跌落下來。

（第三十四頁）

在這裡看不到風景，也看不到人物，被推為優秀的作品的尚未能免去這種傾向，這成為一般報告中的普遍的缺憾，自然是極平常的事了。但也並不是全都如此，在從攻擊到防禦中就有可愛的少尉排長梅墨法和他帶的士兵們。只挨打，不採取攻勢的上海戰役的失策，兵士政治訓練的不足，連長的克扣軍餉，虐待士兵……問題都具體地提了出來。寫炮火後的閘北，採取的方法也同上面不同，只從幾種生物的情形上已表示出來，而印象可比前篇的劫後的村莊更深刻：

人在什麼地方坐下來，總有一隻本來不睬生客的貓走來親近你，直豎了尾巴纏在人的腳邊或者用頭來撞人底小腿，摩擦幾下，諂媚的叫著「妙乎」，甚至跳到人的膝上來。你推它下去，它會再跳上來的，跳上來用兩隻前爪在人胸上爬著爬著，像還要爬上胸上來。就是用重重地一腳踢了開去，它仍舊會走來的。多的時候人同時會遇到三隻，甚至五隻。

……

豬在棚子裡從早到晚地啃著木頭，啃得灰色的木柱，露出新肉，啃得一處傷疤又一處傷疤。

……

只有蒼蠅，有膏腴的犧牲者底血，肉可吃，有過一夜就長一層橘皮紅的黴菌的棄飯可叮，特別繁殖活躍在這個「東亞安定力」底陰影裡，滿滿地集在電線上，使每一枝電線粗大三倍以上。

（《七月》第四集，第一一一頁）

寫兵士在堅硬的馬路上作工事，也用了同樣的手法：

……那裡是那樣一條黑色道路，鋪著用煤屑沙，似乎還拌了水泥，多少年給載重汽車壓得一眼看去就知道那是相當結實的。弟兄們底衣服果然全濕的，貼在皮肉上映出肉紅來。一個穿白襯衣的身上全是灰土和汗水染成的灰黑，一臉黑斑，黑汗一條一條盡往下淌，眉毛上凝了大汗珠，張著口十字鎬一著地，口中一聲沉重的喘息，地上一朵火花。兩個完全脫去上衣，背上的汗水在斜陽裡特別發亮，其中一個彎了腰用右腳竭力踏著大圓鍬底邊緣，另一個相反是「左前」的姿勢，圓鍬大部一下去一樣還沒有踏入地裡兩公分。……

（同上，一一六頁）

如同小說一樣，不久以後，報告文學也漸漸由專注於事件的描寫轉到著重形象化和人物的表現，於是「和過去完全不同的軍人性格產生了，肩負著這個時代的『阿脫拉斯』型的人民的雄姿，在開始逐漸出現」。在這裡可以提出來述說的有以群收編在報告文學集《戰鬥的素繪》和散見在各處的幾篇東西，可說是近幾年來較為優良的收穫。卞之琳除了詩歌外也寫了第七七二團，描寫出一支游擊隊的鐵流縱橫在西線上一年半的戰鬥經過。雖然是淡淡地，卻也寫出了這一群戰士的可愛的面影：

怎樣也捨不得就此離開戰場，遲遲復遲遲，終於落到跟最後一個連一起走。走幾步他又回過頭來向山下用望遠鏡望了一下；走幾步，他又回過頭來向山下用望遠鏡望一下。終於一顆子彈飛來了打中了他的頭部……

而末後留下了一句「我已經完成了我的任務，你們要好好的幹」就死去的團長葉成煥。連夫人在戰鬥中犧牲了在軍旅中也「全然不露出一點悲哀的氣色」的旅長陳賡。尤其是一群「土包子」士兵的憨態更是可愛：得到戰利品，「壓榨乾糧只留下一層糖。罐頭用石頭打不開就讓『滾』。」發現了一卷卷封得緊緊的小東西，知道那是照相片，就都高興得跳起來，擁在一起，笑著搶著，想看裡邊照的是什麼東西。「『看啊，看啊。』他們戰戰兢兢的用手揭開膠捲的封紙：『看啊，看啊，看啊。』他們哆嗦的展開膠捲——什麼也不見。再展開一些，對著光——空白。再展開一些——空白。展下去——空白——空白——空白——空白——完了！」

在新人的故事中，幾種由農民蛻變成的戰士的典型都浮雕似的，被刻畫了出來。掙扎的富農李藏信，決心率領著農民群眾襲擊敵人，然而他「有頃把地」，而且「有自己一手建造起來的大房大院」，在到了「那舊的窠巢和新的基地底分界線上」，只要前進一步，他就必得和那一向為他所有，為他所熟悉的窠巢告別。他和矛盾的痛苦掙扎，終於掙斷了舊日的鎖鏈而變成一個新時代的戰士。

《一個人底長成》的農民兒童出身的軍隊中的小勤務員高世昌，本來是什麼事不懂的放牛孩子，在戰鬥中也生長壯大起來，也明瞭國際問題。

《渡漳河》的老農民馬夫，他疼愛他的馬比對自己還疼愛，這深深地刻畫出了農民的性格。農民愛他的牲畜，愛他的土地，是比什麼都厲害的。所以他情願把馬馱的背包取下來負在自己肩上。山村一夜，被敵人毀壞了一切而自己瘋狂了的老農人，更是一幅淒慘動人的圖畫：

這時，從西院的瓦堆裡走出一個八十多歲的老人，穿著沾了煤污的藍布短衫，斑白的頭髮，接連著斑白的鬍鬚，毛茸茸地包著臉面，像一個多毛的猴子似地皺結的臉子看來非常瘦小。額際和兩頰呈出一塊塊的青黑，不知是沾了煤還是受了傷。顴骨高高地突起，而腮卻深深地陷下去，厚嘴唇緊緊地閉著，兩條深而粗的弧線從鼻端引伸下來，直沒入鬚叢中。

他無聲地俯著背從那半毀的牆後走出來，無聲地坐在毀壞了的門檻上，他的動作完全像個影子一樣。一眼看見簡直會使人懷疑他是從瓦礫中鑽出來的鬼怪。

他微俯著頭，卻抬起像火一樣閃著綠光的細眼睛，死死地盯著我們，似乎想一直看穿別人底心。這眼光裡燃燒著憎惡，憤怒和仇恨底火，看著人就像炙著人底皮肉一樣，使人凜然顫慄。

這樣的一位老人，住在墳墓似的瓦礫堆裡頹垣下，有時就「像是坐在墳墓邊憑弔一個死去的兒子一樣，憑弔著他底被毀滅了的生計底依託物」，被截去了上半的梨樹。

由前線到後方

作為後期的報告的第二個特點是，作者的眼光由只注視前線，漸漸顧到了後方。如以上所說的，前期的報告，可以說全部都產生在鬥爭存在的地方，後期我們有了寫後方工業建設，工廠遷移的《第十一號分廠》、《火焰的一天》、《我們在繼續工作》及《柴油廠》等。有寫後方生產的《生產的插曲》、《秋收的一周間》、《越老越進步》、《印刷廠的生產突擊》……等。

抗戰和建國是並進的，作者的這種注意是應當的。不足的是，這一方面的作品還不多，寫得也還不夠。兵工廠是怎樣建立的？麵粉廠是怎樣建立的？報館是怎樣搬家的？印刷機是怎樣擺進山洞裡去的？……這些雖極簡單，卻是極困難的問題，若不完全知道，便不能動手來寫。目前寫後方建設的作品，就有這種缺陷，如羅蓀所說，「雖然作者企圖以熱情來表現今日的艱苦的建設工作，但是忽略了現實的發展可能性的把握，而把事實加以美化，成為一種作者筆下的幻想，是成問題的。」如《柴油廠》中工廠的由建立到發展，新舊工人的由對立到調和，工程師對於工人的教育和改造，都是作者的幻想，美化了現實，和實際的現實的發展是不能統一的。

在表現的方法上後期和前期也有了顯然的不同。在初期，大時代激蕩起了每個人的感情，他們以這燃燒著的熱情來迎接戰爭，來理解事物，對於一切往往全是拜倒或歌頌的。他們只看到事情的一點，人物的一面，就熱情地誇張歌頌。時間和經驗使作家們澎湃的感情漸漸地平息，注意到了全面地觀察和冷靜地表現。因作家的感情和時間都顯得餘裕，在敘寫上遂可以抉擇並綜合各方面的題材，不必再直接倉倉促促用平鋪直敘的筆法紀錄隨時隨地自身經歷的「身邊瑣事」，那是只能描繪出個人所接觸到的表面的零碎的印象及籠統的情形。

抗戰初期以作者為中心無選擇的產生的許多「隨行記」，「印象記」，「訪問記」，「視察記」等，不再發現於後期的報告文學中就是這個原因。作者都覺得報告文學不應是瑣碎的現實的再現，它應當基於對現實的深刻的瞭解和廣博的認識，發揮出對於素材的批判和組織的主觀的力量，而形成主題明顯結構完整的作品。報告文學於是由現實的複雜的素材中作精慎地抉擇，選出最有意義最切要的素材並加以綜合、整理和補充，而作為它的題材——報告文學有了更完整的形式和更精密的結構。

偉大作品的等待

雖然報告文學在戰鬥中生長、壯大，成為大時代的寵兒，遺憾的是除了《日本的間諜》外，直到如今還沒有一部足以表現這大時代的偉大的巨著，如《秘密的中國》、《上海——冒險家的樂園》，或如《未死的兵》那樣的作品，這是待今後的作者們努力的。而且，抗戰的後期，除了出版過兩本長篇《人性的恢復》和《我們七個人》外，報告文學的產量也漸漸地少了，這是可惜的事情。或者所以發生這現象的原因是因還未理解報告文學在文藝上的地位的重要，忽略了它的重要性，以為報告文學僅是文學素材的堆疊，或是某一事件的片斷的紀錄，它本身並不值得怎樣重視。這種曲解顯然是需要糾正的，報告文學和詩歌小說在文藝上佔著同樣重要的位置，它並不是達到偉大作品的階梯，它本身就可成為偉大的作品。因此，在抗戰中，「我們提倡了而且還要提倡『報告』，不但因為它能夠反抗過去的大部分小說的平庸化空靈化，不但因為它能夠最有效地使初學寫作者直接從生活養育自己，替文藝預備下一個遠大的前途，不但因為考慮到在鬥爭生活裡面的作家沒有馬上實現大的構成藝術的餘裕，而且也因為它能夠執行小說這樣式在這個大時代底生活裡所不能執行的新任務，能夠用自己底方法反映這時代的生活性格，能夠堂堂地和詩、小說、劇本等樣式並立，在文學底世界裡面取得自己底存在。」

我們等待著，也許最好的表現戰爭的報告文學，同樣地是需要戰爭結束後的安定社會作為產床的。

五、在生長中的小說

初期的脆弱

阿脫拉斯的創造

新舊時代的矛盾

黑暗的暴露

兵役問題的提出

邊疆生活的描寫

生產的歌頌

敵偽的暴露

競寫長篇

初期的脆弱

抗戰初期，小說的產量顯得非常薄弱，在質上也很少有成熟的作品。所以發生這樣的結果，是有幾種原因的。在那非常急遽變化的鬥爭的時代裡，最適宜於表現的形式，是輕騎式的小型作品，速寫、特寫、報告、詩歌等，因能夠迅速地把當時的景象反映出來。小說不能單純地敘述一件事情，必須寫出典型的人物和典型的事件，必先深入生活，熟習生活，把素材完全瞭解後才能抉擇出他想寫的題材。如今文藝作者對新來的一切都非常的陌生，於是只有擱筆的一途了。這是小說產量所以薄弱的主要原因。就當時出現的一些作品而論，好像也一致的有一種缺陷：作者多為偉大的時代，壯烈的事蹟所感動，想不停地謳歌，不停地抒發；但限於對時代的認識，成了「主要傾向是著眼於一個個壯烈場面的描寫。大多數作品把抗戰中的英勇壯烈的故事作為題材，而且企圖從這些故事的本身說明時代的偉大——中國人民的決心與勇敢，認識與希望，對目前犧牲之忍受與對最後勝利的確信。這樣的企圖再加上沒有充分的時間去構思去體驗等等原因，就不自覺地弄成了注重寫『事』而不注重寫『人』的現象。換句話說，就是先有了固定的故事的框子，然後填進人物去，而中國人民的決心與勇敢，認識與希望，對目前犧牲之忍受與對最後勝利之確信等觀念，則又分配填在人物身上。」

阿脫拉斯的創造

但這僅是很短時期的現象，不久，在戰鬥中我們就看到「新的人民領導者的典型開始產生了，和過去完全不同的軍人性格產生了，肩負著這個時代的阿脫拉斯（Atlas）型的人民的雄姿，在開始逐漸的出現。」東平的《一個連長的戰鬥遭遇》，發揚了中國軍人偉大的性格。連長林青史為兵士群眾的力量所改變，接受了他們的要求，在未接到上級命令的時候，就給了敵人以威脅和打擊。然而這行動是違犯命令的，營長決定槍斃他，在幾次艱苦的鬥爭完成後，他英勇地接受了軍令。在這裡寫出了上海戰爭中的英雄主義，也表現了置生死於度外的軍人的偉大的精神。

對這種精神加以讚美的還有荒煤的《支那傻子》、艾蕪的《兩個傷兵》、羅烽的《橫渡》、奚如的《蕭連長》、雷加的《一支三八式》。蕭連長如林青史似地做了類似的事情，未奉到命令便從敵人手裡奪回失去的陣地。但他的命運比林連長幸運，最後在深厚的同胞愛的氛圍裡被旅長放生了。《一支三八式》寫出了兵士曹清林的愛惜戰鬥的武器甚於愛惜自己的性命，自告奮勇地到已失去的陣地上把武器摸回。在那裡遭遇了戰鬥，格殺了十幾個敵人後，他也壯烈地犧牲了。

表現在抗戰中成長的新性格和新英雄姿態的有歐陽山的《洪照》和《扯旗樹》；表現受漠視和受迫害的下層民眾裡面的民族英雄的，有草明的《誠實的小俘虜》、寒波的《炸毀》、秦瓤的《老婦人》。姚雪垠的《差半車麥秸》，農民差半車麥秸，正是「肩負著這個時代的阿脫拉斯型的人民的雄姿」。他帶著先天的農民性格，落後意識，走到抗戰的隊伍中，正是在新環境中被影響著的一個農民的姿態。碧野的《在獲鹿》，一個「紅花的女英雄」是如何快樂的投進戰鬥中！齊同的《新生代》，寫出了一九三五年十二月九日的北平學生運動中的幾種典型。

新舊時代的矛盾

新中國的產生，要經過長期的陣痛，表現這新舊衝突的痛苦的，有艾蕪的《受難者》：

尹嫂子——一個難民，一個從個人利害觀念的比重轉化到多數的利害觀念的比重的鬥爭中，產生了在今日我們所需要的新的道德觀。她在艱苦的心理矛盾的鬥爭中，她沒有能夠完全的克服了個人利害的觀念，但是，她自己的慘痛的教訓，使她本能的喚回了痛苦的記憶，她不能不在新的力量中，使她們拋掉了舊日的衣衫，她——一個難民，犧牲了自己的封建時代唯一財產的丈夫，而挽救了全村的人民。這是一個新生，作者只是在平凡的生活中，表現了中國在戰鬥中，新的歷史一定會克服了那陳舊的自私的卑弱者的歷史積累的。

「人在生活裡改變了自己，而對於原來和自己同樣生活著的人卻生長了隔膜。」如艾蕪的《秋收》，描畫出了一幅自私、保守、封建性極濃厚的農民圖。和許多舊時代的農民一樣，他們對兵士是懼怕而又仇恨的，姜大嫂咒罵軍隊為「這些挨冷炮子的，挨刀刀兒的……。」農民千百年來傳統的對於兵士的仇視觀念還沒有改變，新的兵士雖然由舊的隊伍裡產生了出來，改變了的和保守的兩種性格卻仍然存著不能消除的隔閡。這種隔閡在新的生活裡才能得到調解，不然便只有隔膜下去。如荃麟的《英雄》，傷兵王大有帶著被鋸掉了左臂的殘廢回到了家鄉。他熱愛著他的故鄉和所有的一切，但迎接他的是冷淡，仇視和嫉恨。從故鄉中他不能得到一點人類的溫意，一切對他全變成陌生和敵視的。由於嫉視及謠言傳播者的鄰居四娘子的挑撥離間，他且進而變成了鄉民防禦的對象了。他不能再過下去，只有「把拳頭緊緊地一握，——我還是回到前方去！」這情形在莎寨的《蕎麥田》裡已不同了，新的生活把他們完全改變，軍民可以無間地熱烈地合作，沒有懼怕，也沒有嫉視，所有的只是和睦，親切，過去的隔膜完全冰消了。

楊朔的《帕米爾高原的流脈》，這位新進作家在他的創作中告訴我們怎樣改變一個地區的農民的生活和思想；那些農民雖然多半相信鬼神，沒有知識，頑固、守舊、自私，但在特質上都是活潑、勇敢、勤快、公正的。只要有良好的政治，都能使他們覺醒，改變了舊有的意識。

劉白羽的《五台山下》、力群的《野姑娘》，也寫出了同樣的事實。奚如的《第一階段》，更告訴我們即便是在落後的地區裡，有重重的困難，只要我們工作努力，動員得法，民眾是一樣的能夠加速地進步，因為抗戰是至大的動力，它帶著許多事物，可以一年即走過平時需要走十年的路程。

谷斯範的《新水滸》，第一部太湖游擊隊，是利用舊形式的一部成就較高的作品，寫一支成分複雜的舊式的隊伍，經過了血的教訓，由「遊吃隊」變成游擊隊的經過。在人物描寫上也相當的成功，創造了幾種不同的典型：豪棍的六師爺；貪詐無厭的舊軍官趙章甫；性格溫和，心地光明的黃團附；熱心政治工作者黃明健；仗義疏財的員外式的人物羅三爺；好打抱不平的好漢胡林。自然，這些人物的性格的表現都還不夠，大半過於單純。實際上的人物的性格是應多方面的，單純了，便失掉真實性。尤其是羅三爺和胡林，很像舊小說中的員外和好漢型的人物，這不是優點，而是缺陷——舊小說餘毒的重現。

黑暗的暴露

抗戰產生了新時代的英雄，另一方面，也有「新的人民欺騙者，新的抗戰官僚，新的發國難財的主戰派，新的賣狗皮膏藥的宣傳家。」

抗戰的勝利要求政治的進步，不合理的黑暗，我們要求他消滅，我們可以坦白地承認自己的弱點，要對自己的弱點無所知覺，才是可悲的事。指出這一點，作家們是有功績的。

王平陵的《在收容所裡》、張天翼的《華威先生》，指出了應改革的黑暗面，描繪出了舊時代的渣滓的醜態。和這相同的，還有黃藥眠的《陳國瑞先生的一群》、周文的《救亡者》。

反映了漢奸形象的有陶雄的《倀》;反映了知識份子中的沒落的有張天翼的《新生中的李逸漠》;反映了新的官僚主義的有黑丁的《癰》;反映了舊的官僚主義的有台靜農的《電報》;反映了後方的囤積，發國難財，民眾在人為的狀況下，受苦難，被壓迫，被遺棄的有周正儀的《歸來後》;反映了游擊隊員的六、七十歲的父親和五、六歲的兒子受饑寒，還得擔任冬防的不合理的現象，接近敵區的戰地，走私怎樣在黑暗勢力下猖獗的進行著的有碧野的《燈籠哨》。此外，沙汀的《防空——在堪察加的一角》、陶雄的《守秘密的人》、楊波的《最後一課》，也都是暴露現實的不合理的情形。

兵役問題的提出

沙汀的《在其香居茶館裡》指出了兵役問題的一個癥結，是地方上土豪勢力的跋扈，有錢有勢的兒子無論怎樣不會被抽做壯丁。在這裡告訴了我們下層政治機構調整的必要，和推行兵役上必須消滅的癥結。周而復的《雪地》，張潮的《獨眼馬》，則解答了兵役上的另一個問題。說明在人與人之間合理關係的建立上，是可以克服軍隊裡的開小差的問題的，而這方法是高於抓捕，幽禁或槍斃。同時，征壯丁的方法問題也可以在這裡找到它的答案。

邊疆生活的描寫

寫邊疆生活的有青苗的《特魯木旗的夜》、徐盈的《漢夷之間》，前者表現了綏蒙之間的英勇的戰士的姿態；後者指出了造成民族之間的隔閡的原因是什麼。這是漢夷之間的普遍的現象：地痞流氓對夷胞欺壓詐騙和種種卑劣的罪行，加上惡吏的敲詐和剝削，造成漢夷間永遠不能填平的鴻溝，孕成了種族的仇恨。這情形在漢夷之間的作者另外的兩個短篇《黑貨》及《向西部》也表現出了一些。《黑貨》給我們畫下了一幅那方面黑暗勢力的圖畫，毫無天日的政治的輪廓。在向西部中，「作者更非常有力的，形象的指出了一個問題，就是建設是可以的，人力的動員是不成問題的，物質和土地也都是能用的，但是，使他不能進行，不能推動的是政治問題。」在這裡寫出了一個新的典型的官僚——農場的場長。他會做報告，會做報銷，會應酬官場，會鋪張門面，是一個八面玲瓏極會做官的人。他手下的一個技術員卻是想腳踏實地認真幹事的人，他設法克服了許多困難和阻礙，計畫了植棉運動，使漢人和倮倮都來參加。但在這麼一位場長手下是不容許有實際做事的人存在的，於是他終被調回了總場，一切計畫自然也隨著被打消。

我們所有的這些暴露黑暗和不合理的存在的作品，作者的態度全是積極的，樂觀的。不是因此而對國家民族的前途悲觀失望，不過指出在抗戰建國的路上，這些現象應當消滅或是糾正。所以創作的態度仍是健康的。這是我們這時期創作的一個特徵。

生產的歌頌

作家們描繪出了新的阿脫拉斯型的英姿，指示出黑暗中的魍魎，同時在另一方面也表現出來了生產建設的英雄。野蕻的《新墾地》是常被人提及的一篇，寫一個生長在舊社會舊習慣中，養成了自私、狡詭、懶惰的性格的老佃農馬秋昂轉變的經過。在新的環境中，看見了新的勤奮的夥伴，理解了工作的意義，蛻變成一個新的生產者。對工作他感到了樂趣，對收穫他感到了喜悅。在周而復的《開荒篇》中寫出了同樣的人物，一個頑固的伙夫，在新的環境裡變成了一個生產英雄。這樣的人物，在劉白羽的《播種篇》中是王筠同志。

敵偽的暴露

描寫敵人佔領區域的情形，暴露敵人的殘暴，也是作家們在抗戰中一個重要的課題。在抗戰初期倒是日本先有了轟動一時的報告文學《未死的兵》，暴露出了南京失陷前後日軍的情形：橫暴、殘忍、姦淫、殺擄以及普遍的厭戰。現在，我們也有了以這些事件為主題的作品了：

魏伯的《在失去自由的地帶中》，表現了敵偽統治下的民眾和偽組織下層機構內的人物的傾向自由與反抗的渴望，顯示出了敵偽統治力量的薄弱。在他的另一個短篇《偉大的死者中》，暴露出了敵人的殘暴。

在羅烽的《遇崇漢中》，有了一個兩面派的偽維持會長。劉白羽的《金融篇》、張煌的《騙》，揭破了敵人「以戰養戰」、掠奪淪陷區資財的毒計。

寒波的《絕路》則更進一步地描寫了淪陷區敵人的經濟侵略的姿態，寫出了存留在那些地帶中的民族資本家的典型的命運：在敵人威迫下投降，妥協，終至走到了最後的絕路上，整個工廠被敵人鯨吞。這是留在淪陷區裡的工廠的普遍的遭遇。

新進作家程造之的《地下》、《沃野》，巴人的批評是：

作者有他非常智慧的筆，但也有他非常殘忍的筆，寫自然與風俗，婉約而妥帖。叫人感到一種難說的喜悅；寫戰爭與屠殺，可就叫人毛髮森立，不忍卒讀了。敘述多過描寫，描寫不事鋪張，這作品給我們的，沒有苦重之感，是一種新生的清新的喜悅。

姚雪垠的《春暖花開的時候》在《讀書月報》上只發表完了第一部，是寫了大別山中三個不同的女性。

文協受貴陽《中央日報》和《武漢日報》聯合委託徵求長篇抗戰小說，陸續從各戰區，各城市，以及南洋，寄來了共有十九部，多半是產生自戰地的文藝工作者，後方的中小學教師，工廠商店的職工，流浪青年，憲兵，華僑等。其中雖沒有中選的作品，但也發現了兩部出眾的著作：SM的《南京》、陳瘦竹的《春雷》。

競寫長篇

競寫長篇是抗戰文藝後期的一種傾向，正如前一個時期競寫長篇敘事詩一樣，成了一時的風氣。在《火葬》之後，老舍開始寫一本百萬字的巨著——《四世同堂》，企圖藉以寫出幾個城市，北平青島等。

沙汀繼《淘金記》之後寫出了《困獸記》，作者在四川農村中生活極久，對其小圈子內的人物和事件熟悉透頂，因而在他作品中所寫的都是袍哥、聯保主任、鄉鎮長、小學教師之類的人物。作者對讀者介紹他的人物和事件，都顯得那末熟知。只可惜對問題的認識，未能更超出一般的見解，因此掘發得也就不夠深。

茅盾寫了《霜葉紅似二月花》的第一部，展開了極繁雜的場面，但迄未繼寫第二部，繼續寫了《走上崗位》。

姚雪垠的《春暖花開的時候》寫大別山中一群青年男女的抗戰工作，企圖表現出三種不同的女性，現在出版的僅三十萬字，據說尚有三分之二的篇幅沒有完成。

田濤繼《潮》後寫了《金黃色的小米》，仍然保持著他一貫的質樸的風格。

巴金寫了《火》、《憩園》，又寫了《寒夜》。

駱賓基已寫完自傳的小說《姜步畏家史》；碧野繼《風砂之戀》後寫了《肥沃的土地》，作者雖在北方甚久，但對北方仍感生疏，因而他作品中，北方的景物是令人不起親切之感的。

在小說部門中，總看起來我們已有的人物雖多少具著一些缺陷，例如大半的概念化，性格過於單純，有時且像舊小說中的英雄或壞蛋，或像傳奇中的人物。但我們的小說是在漸漸地向寬闊的大路上前進，有一個光明的遠景是不容置疑的。而且，我們將會有嶄新的內容與嶄新的風格的作品出現，趙樹理的《李有才板話》、《李家莊的變遷》已是一個預示。趙樹理的作品，在今天看來，自然還存留著許多缺陷，但他寫出了新的生活，在創作上走了新的路子，而且得到了極大的成功卻是大家公認的事。

六、戲劇的高潮

戲劇的四個階段

從浮面到內部

兩種傾向

歷史劇的產生

平劇的改編與重寫

新歌劇的萌芽

戲劇的四個階段

有人把中國的新劇的發展分為四個階段：

第一個階段：從一九一九年的五四運動到一九二一年止，包含了新文化運動的初期，是新劇的啟蒙時期。

第二個階段：從一九二一年到一九二七年止，包含了五卅，香港大罷工，國民黨改組，北伐等事件，是反帝反封建的鬥爭最尖銳的時期。

第三個階段：從一九二七年到抗戰的前夜止，包含了「九一八」、「一二八」等事件，是劇作者艱苦的奮鬥，由反帝轉為反日的時期。

第四個階段：從七七抗戰以至今日，是戲劇的燦爛時期。

在這裡我們可以看出來，雖然劃分為四個階段，卻是二十餘年來的新劇發展是循著一條軌跡前進的。那便是它自始就作為新文化運動的急先鋒而存在，一直為反帝反封建而鬥爭下來的。第一個階段是新文化運動蓬蓬勃勃興起的時期，提倡科學和民主，主張個性解放，對舊的堡壘作猛烈地攻擊，反對迷信思想，反對舊禮教，舊道德。在當時，戲劇即被作為武器的藝術使用著：

當今之時，總要有創造新社會的戲劇，不當保持舊社會創造的戲劇……使得中國人有貫徹的覺悟，總要借重戲劇的力量；所以舊戲不能不推翻，新戲不能不創造。換一句話來說，舊社會的教育機關，不能不推翻；新的社會的急先鋒，不能不創造。

這便是那時新文化運動的戰士的主張。新文藝的創作者也實踐了這一主張，如胡適的《終身大事》和另外有人改編的《孔雀東南飛》都是對舊禮教做了正面的攻擊。

第二個階段，反帝高潮的時期，中國的工農大眾第一次在民族革命運動中顯示出了不可侮的巨力，在戲劇中這時期他們也變為了主人公而出現。田漢，我們最早的一位話劇運動者和創作者，除了《湖上悲劇》、《名優之死》外，他寫了《顧正紅之死》等一些取材於鬥爭意義最尖端的劇本。

第三個階段，因「九一八」掀起的反日怒潮，沖洗去了戲劇上的感傷主義，促使劇作者取了一致的步調，從田漢的《亂鐘》和《戰友》以及當時流行的《工廠夜景》和《血衣》都反映了這一時代，更後的有章泯尤競等寫東北義勇軍的許多劇本，如《故鄉秋陽》等。國防戲劇的名詞在這時期被提了出來，所有的劇本都代表出了人民的呼聲。

第四個階段，實際上是應當分為前後期的。在前期中，因上海與北平很快地淪陷，劇作者都走入了農村，走入了軍隊，他們受了戰爭的激動，以為一切都應當為了宣傳，戲劇應為民眾為士兵而服務，應當以它的力量教育民眾，喚醒民眾，領導民眾，組織民眾。為了適應這一需要，於是急劇地反映現實的短小的煽動劇、活報、街頭劇、群眾劇在抗戰初期佔了絕對的優勢，流行在各戰區各窮鄉僻壤中。內容大半是描寫我國軍民抗戰的英勇，暴露敵偽的殘暴，揭破漢奸的卑鄙無恥，以及同胞們在敵寇鐵蹄下的痛苦。

從浮面到內部

《保衛盧溝橋》是抗戰後的第一個劇本，那是上海淪陷前由留在那裡的中國劇作者協會二十九個人集體寫作的一出三幕劇。內容以保衛盧溝橋的戰爭為題材，而向中國廣大的民眾喊出了抗戰的呼聲。

在這一時期的劇本，多半取材於敵人的殘暴，我國軍民的英勇，而常常將槍炮搬到舞台上以激動觀眾。一年以後，我們有了台兒莊大捷，平型關勝利，更確定了抗戰必勝的信念。同時一部分劇作家們，經過了一年來的流動生活，他們從前線，從敵後，得到了一些實際的戰地經驗，也認識了一些抗戰中的真正問題，因而檢討了過去的不足，對當前問題作了積極的提示：有了老舍的《殘霧》、陳白塵的《亂世男女》。

過去的劇本，主題狹小，人物描畫未能深刻，且多半類型化。經過一年以後，創作者的生活已較為安定，激動的感情也較為平靜下來了。明白了僅僅描寫打漢奸殺鬼子是不夠的，只盲目地歌頌士兵的英勇，民眾的敵愾同仇是不行的，更重要的是要使戲劇切實地和時代配合，和戰鬥配合，當前的一些不合理的現象，都是阻礙民族前進，阻礙戰爭勝利的東西，應當完全廓清，並且只那樣文明戲式地表明敵寇漢奸的面目也顯示得過於脆弱；於是產生了一些較為優秀的作品，如陳白塵的《魔窟》，深刻地描畫出了淪陷區一個小縣份裡的漢奸群像。本來都是地方上的地痞流氓，在敵人的卵翼下一躍而成了新貴，作者捉住了一個一個的醜相放在了觀眾面前。

和上述正相反的是新民族英雄的刻畫，如王震之和崔嵬以八百壯士孤軍困守四行倉庫為題材的三幕劇，八百壯士，便顯著地表現出了屬於官佐的兩位英雄。夏衍的《一年間》，用白描的手法，現實的態度，為抗戰劇本創造出一種新的風格。

此外如《反正》，《台兒莊》等劇本，也都是描寫抗戰英雄的史實。同時，在抗戰陣營裡面，除了新興起的一些抗戰英雄外，也仍然存在著一些軍閥餘孽，時刻不忘保存實力，割據土地，甚而私自與敵人勾結，以求妥協，如韓復榘、李服膺便是當時的代表，作者也以憤怒的筆把他們收入到劇作裡，槍斃李服膺是流行一時的一個活報。

兵役問題是抗戰整個過程中的嚴重問題，捉拉、買放、頂替，一些最黑暗最殘酷的事情，就在這裡邊發生，因此產生了不少關於兵役問題的劇本，舒非的獨幕劇《壯丁》，洪深的《包得行》都是屬於這一問題的劇本。此外如《飛將軍》、《米》、《幹不了也得幹》等，也提出了同樣重要的問題。

這些劇本已不是廉價的感情發洩或抗戰宣傳，而是和宣傳統一了的藝術品。抗戰初起時「宣傳第一，藝術第二」的理論已完全克服。至於比這更後產生的作品，則無論在人物或事件上，都比較更完整了。

已絕對不再有使用各種主觀的權術，去挑撥觀眾的一時興奮的傾向。在這裡應當特別提出的是曹禺的《蛻變》和宋之的、老舍合作的《國家至上》。

《蛻變》是寫一個傷兵醫院由腐敗蛻變成良好的過程。作者以現實主義的浪漫主義的手法，寫出了現實中還沒有看到，然而可能有的人物，丁大夫和梁專員。整個的醫院原來在一些腐敗的分子管理下，他們所會的是敷衍、應付、苟且、虛偽、貪污、舞弊，弄得醫院裡一塌糊塗。由於丁大夫和來視察的梁專員的努力整頓，不久的工夫，醫院完全改觀了，腐敗的分子全被斥除。由一批健全的工作者代替了他們的位子。這象徵著新生的中國在已經毀壞的廢墟上建立了起來。在全劇中，人起了決定的作用，因為有了梁專員和丁大夫，一切便變得不同了。我們知道，似如梁專員和丁大夫這類人是可能有而且可能非常之多的，不過在什麼樣的政治制度底下，他們才可能存在呢？他們能以摧毀腐朽而不為腐朽所吞蝕是有條件的，作者卻對這問題沒有提及。

《國家至上》和在它以前產生的《塞上風雲》同樣是寫民族團結的劇本。抗日的民族解放戰爭的勝利是需要團結來保證的，無論是民族間的團結或階層與階層的團結。《塞上風雲》以幾個漢蒙男女青年間的羅曼諦克的故事，寫出兩族間的歧視和合作，《國家至上》則表現出了在大敵臨頭時回漢的終於捐棄前嫌，誠懇合作。老拳師是八年來抗戰文藝中少有的成功的典型。有人說，我們中國新文藝中有兩個成功的農民的典型，代表南方浮浪性農民的是阿Q，代表北方自耕農的性格的是張老師。這話並不是過論。若說張老師還有什麼缺陷的話，那便是過甚地強調了他個人主義的英雄色彩。

在淪陷區裡，人民堅韌不屈地和敵偽鬥爭的典型也在這一個時期出現，老舍的《無形的防線》，寫一個天津電報局局長，在敵人的層層威迫利誘下仍屹然不動，鎮定地工作；夏衍的《心防》中的新聞記者，始終不屈不撓地和敵人周旋，在這些劇本裡寫出了億萬的優秀的黃帝子孫的代表。

抗戰到了第四、五年，經濟問題已漸漸顯示出是最嚴重的問題：一方面，敵人在廣大的淪陷區中除了虐殺、姦淫、擄掠以外，他們遍佈了一種經濟的陰謀，漸漸地他要統治並操縱所有的工商農業的生產和周轉，要將中華民族的血液完全吸乾，眼看著中日實力的對比並不像原來的估計，而持久戰也成了於敵人有利的條件了。另一方面，在我們大後方，許多大大小小的奸商，囤積居奇，抬高物價，壟斷市場，造成了人為的經濟的險惡的情勢。寫出前一種情形的有章泯的《夜》、葛一虹的《紅纓槍》；寫後一種情形的有宋之的的《刑》和《鞭》。

《夜》描寫的是敵人在淪陷區裡欺騙人民去經商和生產，而他卻緊緊操縱著，所有的利潤完全落在他手中。《紅纓槍》是寫敵人企圖利用農村中的紅槍會，但結果陰謀被揭穿了。《刑》中反映了囤積居奇和兵役問題，《鞭》則描寫發國難財的抄小路的罪惡：這兩個劇本都是取材於現實的，但卻難稱為現實主義的作品，例如《刑》中的縣長，同《蛻變》中的梁專員似的，是離開現實而創造的人物，這類的人物在現實中是很難看到的。

另一方面，取材於敵人的故事，而由敵人方面闡明這戰爭的性質的作品，也產生了一些，如于伶的《河內一郎》，日本反戰作家鹿地亙的《三兄弟》。

兩種傾向

太平洋戰事爆發，我們兩個文壇據點，上海和香港都同時失陷，一些劇作者漸漸集中到了桂林和重慶，在這時，世界上展開了廣大的反法西斯的陣線，我們國內卻是陰鬱晦暗的局面。在這以前，前線上那些風起雲湧的劇團已經消歇了，這時，無論劇運和劇作都只限於後方幾個少數的城市。劇作者為了票房價值，為了迎合觀眾，為了使自己的劇本能夠搬上舞台，發生了兩種不好的傾向，而這傾向和最初期的專以敵兵的燒殺姦淫或炮火攻擊以刺激觀眾，同樣地減損了藝術的價值：第一種是多穿插一些不必要的噱頭，以引觀眾發笑，自然也有許多噱頭是導演臨時添加而非劇本原有的；第二種是故意增加一些愛情的場面，以迎合觀眾的趣味。如宋之的與夏衍等合作的《草木皆兵》，一個女戲子和敵寇的周旋便可作為例證。

劇作者循著這一路線發展的結果，自然多半脫離了抗戰。據有人統計的結果，後期的劇本有三分之二是與抗戰無關的。自然，在這一時期中是還有許多劇本應當提及的。為了紀念應雲衛四十歲，夏衍、宋之的、于伶等合作的《戲劇春秋》，是話劇運動的一篇血淚史，陽翰笙的《兩面人》以樸素的筆刻畫出了為保全自己的財產左右應付的兩面派，沉浮在重慶二十四小時中和以後的金玉滿堂，用現實主義的手法，表現了現實，諷刺了現實，在他的劇作中充分地顯示出了他的機智，徐昌霖的《重慶屋簷下》將當時的重慶的形形色色搬到了舞台上。茅盾的《清明前後》是為工業界呼籲的第一個劇本。至於一些純粹以娛樂為目的的劇本，在這時期內雖然佔了一個相當大的數目，但它本身已沒有提及的價值了。

歷史劇的產生

歷史劇在八年來的劇作中也占了一個相當重要的位置，在上海真性淪陷以前，那裡產生了許多歷史劇，在抗戰的後期，出現於大後方的歷史劇的數字也相當大。這些劇本取材於歷史上的故事，卻並不是完全與目前無關，有許多的目的是在借古以喻今，或褒揚忠烈，或貶抑奸詐，都是和當前的事實息息相關的。所以走這種曲線的緣故，是為了想躲過檢查，得以出版及演出。記得魯迅曾說過這麼句話，石頭雖重，但底下的草也終於會彎曲地長了出來。這就是在重壓下一種彎曲生長的形式。

在上海出版的有魏如晦的《明末遺恨》、于伶的《大明英烈傳》、唐納的《陳圓圓》……；在後方的，應當特別提出的是陽翰笙的《天國春秋》，指出了太平天國之所以覆亡的原因，既不能團結，又內政腐敗。劇中淒慘的氛圍，令人難當，以古諷今，不勝浩歎。郭沫若的《屈原》、《虎符》、《孔雀膽》、《南冠草》，陳白塵的《石達開》，吳祖光的《正氣歌》、《文天祥》，也都是其中的優秀的作品。自然取材於歷史，而與抗戰與現社會完全無關的劇本也不是沒有，例如《董小宛》、《郁雷》以及趙清閣企圖將《紅樓夢》全部改為劇本的《鴛鴦劍》、《冷月葬詩魂》等，這些東西，既離開了抗戰，也離開了社會。

平劇的改編與重寫

改良或改編舊劇也有了相當的成果，田漢和歐陽予倩都有改寫的劇本出版。田漢有《江漢漁歌》、《土橋之戰》，歐陽予倩有《梁紅玉》。

延安方面的戲劇工作者，對於平劇也採取了兩種態度：一種是根據原來的劇本用新的觀點改編；一種是重新創作。在內容方面絕對排斥宮廷化的意識，將封建社會的忠孝節義，怪力亂神，完全肅清，而代以群眾革命的意識。例如《逼上梁山》，將高俅寫成投降分子，林沖代表抗金的英雄。由於林沖最初未能認識群眾的力量，所以一再失敗。及至以後義民起事，他始瞭解群眾力量的偉大，跟隨大家上山革命。這類改編的平劇，一切都還遵守原有的舊規。較此進一步的嘗試則為舊劇的創作，例如《上天堂》和《難民曲》，已將平劇的形式打破，而混合以各種歌謠，並唱辭也在儘量地白話化。

無論改編或創作的平劇，都是循著一個目的而作的，那便是鼓吹革命，歌頌群眾的力量。也許這一平劇改編運動會產生一種新的民族的歌劇，但現在也還不敢預卜。

新歌劇的萌芽

新歌劇在抗戰中也萌芽了。戰前的時期曾有半歌劇的產生，如《南婦》、《古潭的聲音》、《回春之曲》。抗戰時期也產生了《棠棣之花》。

《秋子》、《紅海》、《木蘭從軍》，是抗戰時期的純歌劇。這幾個歌劇代表了兩種不同的路向：《秋子》是採取了從音樂直到歌劇的路線，歌曲的技巧是模仿或接近西洋歌曲的，儘量地使用了感覺派的詩句似的歌詞，因而無論就曲調或詞句說，聽眾均極難理解，至於描寫方法，《秋子》也是失敗的。歌劇為它本身的形式所限制，往往較多人物性格的描寫，少注意故事情節的發展。因而在西洋歌劇中，大半是對於英雄美人的禮贊。因為只有這樣才能使若干歌唱的場面依仗人物性格的發展連貫起來，完成其戲劇的要素。《秋子》雖然也有幾個重要的人物，秋子和宮毅等，卻忽略了連貫為一氣，而只成了各個的歌唱場面，結果成為有歌而無劇。

《紅梅》及《木蘭從軍》都是走的從平劇中蛻化為新歌劇的路，過去的《岳飛》也是走這一方向的產品。它們保留了極濃厚的平劇色彩，固然道地的是民族形式，但這和改良平劇相距又有多遠呢？故有人不承認這是新歌劇，更不承認這是新歌劇的路線。

七、在建立途中的詩歌

詩從來服役革命

格式在凝鑄中

一些遺留下來的缺陷

詩人與詩作

和人民共同呼吸

詩從來服役革命

中國的新詩從它的誕生開始便是服役於中國的革命。三十年來新詩發展的路程，在形式上它擺脫了舊詩的枷鎖，在建立自己的格調；在內容上它始終和革命結合在一起，為反帝與反封建而歌唱。五四時代，新詩作了文藝革命的急先鋒，《嘗試集》雖只能目為半成熟的東西，但立在新詩運動否定舊詩的傳統的觀點上看，它是詩史上將永遠被提及到的一部作品。

這一時期的新詩內容大半為歌頌愛情，表現自我，描寫自然和宇宙，這正所以對封建思想加於個人的束縛，婚姻的不自由做了正面的衝突。五卅慘案以後，中國的新詩更向前邁進了一步，新詩人有郭沫若、徐志摩、聞一多，以及較後的蔣光慈、殷夫、錢杏邨等，雖然新詩的路向已有不同，作為新月派代表詩人的徐志摩，是純粹的資產階級的代言人，而另一些人則完全獻身於行將蔓延於全國的革命，為工農而歌唱。但這其間卻有它的共同點，即對於當前腐敗的政治都深惡痛絕，不同處是有的僅希望實現一個民主的政體，而另外的人則向帝國主義與封建勢力發出了憤怒的吼聲。因而這些詩歌也同時暴露了它們的缺點，政治的口號化與概念化。

七七抗戰發生，多半的詩人也和其他千萬的人民一樣，都投身於爭取國家民族的鬥爭中。因為只有詩歌最能夠直接地表現出燃燒著的感情。許多小說家，如巴金、老舍、王統照，也寫出了一些感情奔放的詩篇；許多沉默已久的詩人，如郭沫若、馮乃超、姚蓬子、黃藥眠，都重新為大時代歌唱。詩不再成為個人隱晦的軟弱的喟歎，而是代表民族代表國家的雄壯的控訴了。如有人說的：

它自然地擯棄了裝飾趣味與瑣屑的雕琢的形式；擯棄了任何空想的與虛構的，以及羅曼蒂克的內容……它和巴拿斯派的近似凝凍了的思想情感，與僵死了的木乃伊的格調離別；它也離別了浪漫主義所遺留下來的浮誇與一瀉千里的豪興；它和象徵主義的，神秘主義的，近似精神病患者的呼喊，蒼白的囈語，空虛的內容，與帶著顫慄的聲音的獨白絕緣；它更揭去了一切給世界事物以神秘的掩蔽的外衣，觀念的外衣，黑色的外衣，它大膽地感受著世界，清楚地理解著世界，明確地反映著世界。

格式在凝鑄中

文學革命以來的新詩，不但沒有明確的觀念，且無音樂的美。許多詩人因注重思想深刻，而求助於西洋詩歌的形式，結果詩雖有意境，卻生硬難讀。而最大的毛病是中國新詩成了西洋詩歌的移植，十四行便是一個典型的例子。

抗戰是不是使中國新詩有了自己的形式或風格呢？抗戰的確救了新詩，由於「文章下鄉，文章入伍」的號召，詩歌工作者體驗到了本身的缺陷，因而注意到吸取民間形式的優良成分，注意到詩的朗誦問題，音樂性問題。詩不當只是平面的，要成為立體的。但卻不能說已建立起了詩的形式，這形式是仍在詩歌工作者的試驗中的。艾青的《吳滿有》的出版和創作過程曾引起了許多人的注意，然誰也不能說這就是今後中國詩歌的路向。

《吳滿有》是以北方的農民勞動英雄吳滿有為題材而寫的一篇長詩，寫作前先同吳滿有詳細談話，調查他各方面的情形。寫作的時候儘量用農村中的語言；寫成後先讀給吳滿有聽，再根據他的意見加以修改，然後才成為完本。這本詩確乎既通俗易懂，也便於朗誦，在描繪農民生活方面也較過去一些標語口號詩為自然，但這只可算為試驗的作品，絕不能認為是新詩應走的方向的。

一些遺留下來的缺陷

嚴格地說起來，抗戰以來詩歌的缺點，仍然是很多的，老舍曾指摘說「新詩感情也嫌不濃厚」；艾青則做了更嚴厲的批判：

> 由於這一些詩人的創造力的貧弱，我們的詩壇裡也還流行著模擬與抄襲，有一些詩人顯然不是從生活去尋找我們的創作的題材與語言，卻只是從一些流行的讀物上去尋找他們的創造的題材與語言；一些詩人們竟毫無選擇地把許多枯死的成語搬到他們的詩裡去；一些詩人們在無厭地翻覆著

從人家那裡借來的濫調，還有一些詩人們，很輕易地在他們的作品裡排列著一些套語，而最普遍的現象則是感情的不夠深沉，思想力的薄弱——他們顯然把無論任何得到他們腦子上來的思想與得到他們心上來的情感，毫無選擇能力地，把它們流露在他們的作品裡，而他們的思想與情感，反常常是膚淺不足道的。

艾青的批判是新詩產生以來的實際情形。同樣地，賽珍珠批評中國文學運動以來的小說還沒脫除模擬時代，所以沒有偉大的創作產生。這評語若加在中國的新詩上更為確切。新詩的作者有許多是模擬舊詩，模擬外國詩，或模擬同時代的詩人的。

詩人與詩作

臧克家，戰前已獨成一種風格，而且在新詩運動上起過相當作用的詩人，戰爭中他曾在前線上工作數年，也寫出了許多詩篇，有《古樹的花朵》、《感情的野馬》、《國旗飄在雅雀尖》、《向祖國》、《泥土的歌》等。過去，他深受了舊詩的影響，而他又是出身於農村的詩人，對於鄉村，對於農民，對於土地，對於一切田園風光，他都有執著的愛，因此，有人稱他為田園詩人。戰事發生，農村毀壞在炮火中，各處充滿了死亡、毀滅，再沒有過去那種恬靜。他懷念過去安適的鄉村，卻又無法脫離這動亂的時代，他矛盾，他痛苦，終於理智強抑著感情，勉力向時代的浪潮浮游，努力想衝破過去的風格。《古樹的花朵》以後的幾部詩篇都是這樣，他的《四十自壽詩》，無疑是一篇自供，他的本色是：

我能向青山說話，同流水
調眼角，我能欣賞鳥兒的言語，
蟲兒的音樂，我心裡充盈著愛，
這愛深刻不可丈量——
我愛泥土，愛窮人，愛大自然的風光。
可是時代變，社會也變了：
而生活的顏色，聲音，味道，意義，
都變得這麼可怕，這麼慘！
我曾經「拭乾眼睛瞅著你們變」，
今天，我知道，我該「拭乾眼淚跟著你們變」，
歷史的情感，拼死的拖住我的腳，
理性的桿子卻牽引我向前。

他感到現實是「可怕」而且是「慘」不忍睹的，「理性的桿子」卻牽著他前去，雖然「歷史的情感」在拼死地拖住他的腳。他既不甘寂寞，不甘落後，他就只有掙扎著向前：

四十歲，另換一雙眼
重新去看。
理性告訴我「是」的，
感情須得從心裡也說「是」，
另給自己的眼睛，耳朵，口和心，
安排一套新鮮的感覺，口味和聲音，
讓整個的心浸潤在裡邊。
像魚游泳在水裡，
我必須變成群眾裡面的一個，
像我曾經是孩子隊裡的一個一般；

感情和理智矛盾，理智使他決定將自己重新改造一遍，另「安排一套新鮮的感覺，口味和聲音」，可這並不是容易的事情，倘對改變過來的一切新事物沒有發自內心的感情，只是「理性告訴我『是』的，感情須得從心裡也說『是』，那就成了沒有真實感情，沒有生命的東西了。因而想突破自己舊有的風格而更向前邁一步的企圖是失敗了。代表另一種風格，在詩壇上起著和臧克家同樣大的影響的，有艾青，在戰爭中他寫了許多詩篇，《火把》、《北方》、《曠野》、《向太陽》、《雪裡鑽》等，他的歌喉比前者開放，響亮地為革命為戰爭為農工而歌唱。抗戰初期的作品內容還存留著憂鬱的調子，他自己曾說：「沒有痛苦，沒有對於這人間世的悲憫，沒有對於這時代的欲泣的憂傷……如何能產生真實而又偉大的詩篇。」他也正是為時代而痛苦，並歌唱出這時代的真正聲音。在目前，艾青的詩擁有最多的讀者，他的藝術也極完整精煉。如今隨便舉一首短詩《水鳥》，以見一斑：

三隻水鳥浮動在水邊
烏篷船裡發出了槍聲
一隻在驚怖中逃逸了
另一隻掙扎在受傷的痛苦裡
他的翅翼無力的拍著水面
又迷亂地飛了幾圈
才慢慢地向上舉起
終於朝江岸的岩石

與叢林間飛去……
現在
它是在岩石的隙縫間
用自己的嘴撫自己的創傷
在寂寞的哀鳴裡
期待著伴侶的來臨

另外的許多詩人也產生了許多詩篇。柯仲平有《邊區自衛軍》、《平漢路工人破壞大隊的產生》，卞之琳有《慰勞信集》，高蘭有《高蘭朗誦詩集》，王亞平有《生活的搖曲》、《中國兵的畫像》、《祖國的血》，臧雲遠有《靜默的雪山》、《爐邊》，田間有《呈在大風砂裡奔走的崗位們》，力揚有《我的豎琴》、《射虎者及其家族》。

一些新被人注意的詩人，無論就數量或寫作的成就說，都有比其他部門更高的成績。莊湧出版了詩集《突圍令》，也發表了許多詩作，他熱情地歌唱了勇敢和美麗；劉火子寫了《海和路》，有蓬勃獷野的力；袁水拍寫了《人民》，他的技巧冷靜而完整，表現出一種明澈的理智，經常以簡潔卻富於憎與愛的激動的語言，批評社會上的一切；呂劍寫了《大隊人馬回來了》，他的風格明朗爽利；彭燕郊寫了《戰鬥的江南季節》，他和孫鈿都有纖細的美；鄒狄帆、鄒綠芷對於海的懷念，對於土地的懷念，常流露在詩篇中，他們的感情都比較深沉，前者著有《江》，《雪與村莊》，後者著有《雜色的行列》；魯藜寫了《延河小唱》，他的清新可愛，有類牧歌；戈茅寫了《草原牧歌》，是激昂的感情的呼喊；畢奐午寫了許多抒情的小詩，情感深沉，語言樸素有力；李雷寫了長詩《號兵和祭》，他的調子是憂鬱沉重的；錫金寫了《春天已來到了中國》，充滿了春的喜悅；方敬寫了《後方的街》、《騾車》等，歌頌了後方的工作與勞頓；韓北屏的《保衛武漢》，精煉而明快。

和人民共同呼吸

戰爭改變了一切，更改變了詩人，所以普遍地流露在抗戰以後的新詩上的特徵是詩人一致地將自己置身於戰鬥中，他們熱愛土地，熱愛人民，歌頌那些真正為人民利益而奮鬥的英雄，對敵寇奸偽和一切卑劣都抛了最大的憤恨。有的詩人在抗戰以前是做著藝術的俘虜，今日受了歷史的呼喚，卻被迫著不得不面對現實向前邁進。時代是殘酷的，不前進便只有被淘汰而滅亡。雖然有的緩慢地探求著出路，有的勇敢地躍進了新的路程的尖端，結果卻同樣地變得自己再不會也不願是原來的形狀了。他們抛棄了藝術至上主義的觀念，抛開了個人主義的苦悶憂悒的灰色思想，將自己投在戰爭的洪流中，以人群的悲哀為悲哀，以人群的歡樂為歡樂，詩由自我表現，而改為服役於受難不屈的人民，詩得到了解放，也開拓了它的前途。就這樣，新詩攜了它三十年來文學革命的優良傳統，整個地獻身於民族解放的革命戰爭，才有了今天這麼燦爛的收穫。我們可以以三個詩人來代表這一轉變。那便是卞之琳、曹葆華和何其芳。他們最顯著地受到時代的影響，同樣地都找到了他們的詩作的新的路向。

卞之琳，新月派的最後的支持者，他的《慰勞信集》包括了許多遒勁的十四行，他已由為藝術而藝術的書齋裡，走到群眾的洪流中，他認識了人民，知道只有他們才配做這世界的真正的主人。所以這些詩篇對於人民對於抗戰顯得關心而可貴。就他本人說，也是創作史上一個可喜的突進。

曹葆華，在抗戰中他堅決地以他的詩歌作為鬥爭的武器，用粗獷的喉聲，號召人民參加戰爭。他堅決地和舊的訣別，唱著：

有人要問
就說天南地北
從來不相識
……
將來有一天
世界從地上翻身
看誰是主人

這已不是過去的調子了，他理解了新的世界和新的人民，故大聲喊著：

歷史前站吹起汽笛
旅行人不能踟躕了
……
凝向黎明的彼岸
誰不閃著灼灼眼睛
……

（《抒情十三章》第二首）

何其芳更完全謝絕了他過去的傷感和固執於自己的心靈，不特詩作，也將他整個的生命獻給了抗戰，為工農大眾而服役。本來他的風格是接近新月派的，抗戰使他有了突進的轉變。在他最近的詩集夜歌中可以明顯地看出他轉變的過程，他呼喚著：

我是如此快活地愛好我自己
而又痛苦地想突破我自己
提高我自己

這不是明顯地表現出，新的生活在召喚他，舊的生活在拖住他的情形麼？在夜歌的後記中他自己很坦白地承認說，「一個舊我與一個新我在矛盾著，排擠著，爭吵著。」但他終於戰勝了前者，他「看到農村和都市的不幸，看到農民沒有土地」，因而他慚愧於「盲目地自私地活著，決心不愛雲，不愛月亮，也不愛星星」了。最初他還好似苦難的工農的旁觀者，漸漸地他發覺這仍然是不夠的，他才企圖和群眾共同呼吸，悲歡相共，那麼他就成為群眾中的一員了。

八、文藝理論的發展

文藝在抗戰中的作用

文學的藝術性與宣傳性

歌頌光明與暴露黑暗

提高與普及

中國化與民族形式

世界觀與創作方法

民主與文藝

文藝在抗戰中的作用

在抗戰初期，戰爭在文藝中起的影響和在別方面一樣：由於生活急遽地變化，由於炮火對人心的激動，由於幾十年的鬱悶得以發洩，一時人們都情緒高揚，熱血奔放。戰爭，炫耀了一切，好像別的一切活動都當歸於停頓，文藝於是暫時地被擱置了起來，連文藝工作者也感覺到時代已不是坐而言而是起而行的時代了。目前所有的東西都成為次要的問題，只有前線決定一切。於是喊出了「文學無用論」，號召文藝工作者放下筆桿拾起槍桿，到前方去為祖國效力。這「前線主義」，在當時起了極大的影響，許多人信服了它的指導，於享受著昂揚的戰時生活中，估計自己怎樣投入狂熱的戰爭的洪流，期以直接行動在戰地上表現出自己的愛國熱情。

「前線主義」成了當時社會思想的一致傾向，所有的人們都如瘋如狂地注視著前線，也天真地希望一切都為了前線。流行一時的救亡歌曲就是這麼號召的：

工農兵學商，
一齊來救亡；
拿起我們的武器，刀槍。

走出工廠、田莊、課堂，
到前線去罷，
走上民族解放的戰場。

因此，作為社會意識形態之一的文藝思想的這一傾向，是很自然的了。

當然，倘稍為冷靜一點，即可以很容易地看出，叫一個作家放下筆，便等於叫一個士兵放下槍。作家放下他自己所最熟悉的武器，拿起一向生疏的刀槍去為民族自由和生存而戰鬥，他將連一個起碼的士卒都不如。所以到戰爭延長為持久戰的形勢，每個作家由實際環境中體驗到了這一點，明白他應當運用來參加抗戰的，仍然是他舊有的武器，並不是士兵常用的刀槍。作家本身無間於分散到廣大的農村中，或前線的部隊內，他們所應當從事的不是執起刀槍幫助士兵戰鬥，仍然是繼續寫作，因為我國全面的抗戰必須動員全體民眾，文藝是發動民眾組織民眾的原動力。一九三八年中華全國文藝界抗敵協會在武漢成立，提出了「文章下鄉，文章入伍」的口號。目的便是企圖以文藝教育民眾和士兵，以文藝發動並鼓勵民眾和士兵。文藝在抗戰中的作用被承認了，但是卻是把它作為宣傳的工具而提出的。

文學的藝術性與宣傳性

文學在抗戰中被重視起來，認為目前應當大量地產生抗戰文藝，作為動員民眾鼓舞士氣的工具。這時將抗戰文藝的範圍卻看得至為狹小，只以為描寫血與火的戰爭的才配稱為抗戰文藝，至於抗戰文藝的時代的意義仍然被許多人忽視了。

抗戰文藝是積極地表現民族革命解放戰爭的文藝，是不能只限於描寫前線的情形的，應是反映抗戰前後方各種現實而以高揚抗戰情緒為依歸的，諸如後方的建設，民眾的動員，黑暗的暴露，以及反漢奸反封建的作品，都是抗戰文藝。但「宣傳第一，藝術第二」，成為流行的口號，文藝的弱點乃顯露了出來。由於政治任務的過於迫切，和個人感情的廉價發洩，和作者對於政治發展認識的不夠透澈，對於題材把握的不夠熟習，對於現實現象的分析不夠明瞭，作品變成了抗戰八股，英雄的將士一律地成了神化的人物；漢奸是一個形態，差不多得到同樣的結局；青年都有一套激昂慷慨的救國理論。所有的人物都定型化，作家先設定了邏輯公式似的主題，再造出適於嵌進去的人物和事件，自然會成為一模一樣的沒有真實感的虛假形象。因為對於現實認識的不夠，或觀念上的錯誤，把充滿著內心矛盾的活人和充滿著矛盾及鬥爭的多樣性的事象，也一律看為直線的發展了。

事實上一個充滿著內心矛盾的活人走到革命的路上的時候，是取著很彎曲的道路的。而且在革命的陣營裡，他的矛盾和鬥爭也仍然會時刻浮現出來。如今我們的作品卻成了「不是先有概括性的典型（人物），而是先有概念性的主題（對於抗戰現象的理解和態度）。我們先有了對於特定現象的特定概念，由抽象出發，然後再來鑄造具體的典型。因此，每篇作品中的主人公都不是通過具體的現象過程（偶然性與必然性的統一）表現出我們的主題，而是隨著主觀的要求，由輕便的跳躍的抽象轉化來說明我們的概念或主張」。

為了清算公式主義，出現了兩種不同的主張：一種主張以為既然這傾向所以發生，為了急於傳達政治的任務是一個主要的原因，今後便當決定目前是需要它的社會價值還是藝術價值。若是著重前者，則這種現象是難免的，若著重後者則應當把宣傳的任務放到次要的地位。這種機械的論法不可諱言的是一種極大的錯誤，「藝術就是宣傳」已成為公認的事實了，鹿地亙在關於藝術與宣傳中也說得很對，「惟其是傑出的藝術創造物，才能有最深刻的宣傳效果」。感人的藝術品必是最偉大的藝術品，已足證明這點了。

另一種主張是借了清算公式主義的機會，提出了「與抗戰無關」的要求。首先做這一主張的是梁實秋。誰都知道，文藝是無法和現實離開的，生活不能和抗戰無關，文藝又怎能和抗戰無關？它的不會起什麼作用是意想中的事。如老舍所說，就連提出這要求的也覺有些不對，「這麼一主張，便露出他心中還是很難過呀。要不然，他何不堂堂正正的去寫，而何必有這麼一主張呢？」所以這旗子一打出來便受到了嚴厲的批判，接著便偃旗息鼓，縮頭不響了。這和幾年前向創作要求自由一樣，不是因別人阻擋，而是根本辦不到的事。試看，事實上也沒有與抗戰無關的作品產生。

關於文藝的宣傳性與藝術性的論辯於一九三八年的四月開始，僅兩三個月便停息，雖沒能深入，但給以後的幾個論辯卻樹立下了基礎。

歌頌光明與暴露黑暗

這問題發生後不久又來了黑暗應不應當暴露的問題。由於《華威先生》被敵人用為宣傳資料，說這就是我們的抗日工作者，就有人出來指摘黑暗的暴露為幫助了敵人。《殘霧》中陳國瑞先生的一群亂世男女……都遭到了同樣的非難。有的認為這是作者對於抗戰悲觀主義的流露；有的認為固然現實有光明的一面，也有醜惡的一面，可是光明是有前途的，這一面的天平高升，自然那一面的就降低了，更何況現實中光明的勢力大於醜惡？在今天來抉擇醜惡，實非必要。更有的以為黑暗固然該暴露，但現在暴露得已經太多了，應該多多頌揚光明，這是主導方面的力量。

實際上，暴露絕不應一概視為悲觀主義，倒是大部分表示了作家更深刻的觀察。一個真正認識現實瞭解現實的人決不會為隱藏在光明後面的醜惡而悲觀。茅盾對這問題的意見，以為文藝是永遠有它的宣傳的和教育的意義，它常是具有鬥爭性的。它不僅指示出何者有前途，是新生的幼芽，也須指出何者沒有前途，是社會的破片。社會的醜惡倘不予以打擊，它是不會自己就很快地消滅的。有醜惡，就有鬥爭。文藝就是反映並參加這鬥爭的，又怎能說暴露黑暗不是重要的任務？

倘黑暗是一種客觀的存在，則需要的不當是隱諱，而是改革。要指出它的社會根源，發生的內在原因，它的成長過程和作惡的醜態，並指出消滅它的可能，和光明起來的必然性。所以暴露黑暗的目的是要使人有所警惕，並進而克服這一弱點，並不是單純地以暴露為滿足，這是文藝家替社會替民族作自我批判，其目的是積極而非消極的。

這問題雖然論辯了很久，從一九三八年夏初直到一九四〇年初才漸漸沉寂下去。但並沒有熱烈的爭論，蓋光明應當歌頌，黑暗應當暴露，是人人無法反對的問題，故骨子裡懼怕別人暴露黑暗，到說出口來成為理論時，只能是「不要過分暴露黑暗」，或「不要只暴露黑暗」。然則不過分地暴露，不只暴露黑暗的暴露，他也就無法反對了。

怎樣才能使歌頌光明與暴露黑暗得當呢？分量又怎樣規定法？這是不能脫離開現實的情形而規定它們的比重的，如某一位革命領袖所說，在文藝史上：

> 許多小資產階級的作家並沒有找到過光明。他們的作品就只是暴露黑暗，被稱為「暴露文學」。還有專門是宣傳悲觀厭世的。相反，蘇聯在社會主義建設時期的文學就是以寫光明為主。他們也寫工作中的缺點，但是這種缺點只能成為整個光明的陪襯，並不是所謂「一半對一半」。

然則歌頌並暴露的應是什麼呢？「反動時期，資產階級文藝家把革命群眾寫成暴徒，把他們自己寫成神聖，所謂光明與黑暗是顛倒的。只有真正革命的文藝家才能正確地解決歌頌與暴露的問題。一切危害人民群眾的黑暗勢力必須暴露之。一切人民群眾的革命鬥爭必須歌頌之。」具體地說，就是「暴露的對象只能是侵略者剝削者壓迫者」。

提高與普及

一九三八年上半期的文藝的藝術性與宣傳性的論辯，可以說是「提高」與「普及」如何始能統一的這中心問題的一環。在抗戰初期，為了動員民眾，通俗化的口號被提了出來，特別在通俗化的實踐——利用舊形式上顯出了缺憾以後，理論方法展開了文藝的藝術性與宣傳性的探討，接著於一九三九年的下半年，開始了提高與普及的論爭。

「文章下鄉」「文章入伍」是為了適應抗戰的需要提出的兩個口號，實踐的步驟是文藝的通俗化與大眾化，舊形式的利用是實踐的具體的方式。在實踐的過程中產生了許多由經驗而發生的問題。由於對文藝形式更高的發展的企望，由於舊形式與新內容的矛盾，作家對它發生了懷疑，感到對這一課題有更深探討的必要。

就已有的「舊瓶新酒」的作品而論，內容多半概念化，主人公往往隨著作者主觀的要求，輕便地由抽象觀念轉化而成，在表現上，存留著許多舊文言和新名詞，大眾語彙反顯得極為貧乏。有人指出這一時期的通俗化的缺點說：

第一，作家們大多以通俗化指「舊瓶裝新酒」，而沒有與新的大眾化運動有機地配合起來，所以運用舊形式與舊語彙與創造新形式和新語彙，沒有協同進行。

第二，通俗化在當時還沒有十分注意內容與形式的交互作用的問題。

第三，作家把通俗化看作與新文藝脫離的部門，專用以宣傳。

基於當時通俗化的情形和以上的理解，故作家們以為通俗化有墜入庸俗化的危險，而將文藝的藝術性與宣傳性對立了起來：為了宣傳的目的，利用舊形式作為應急的手段，是有其必要的，但眼看著藝術水準普遍地低落，是不是有使其高揚的必要呢？提高與普及也就是偏重藝術性與偏重宣傳性的問題。是以藝術為主，還是以宣傳為主呢？

原則上，作品的藝術性與宣傳性並不是基本上對立的東西，就是提高和普及是可以統一的。通過利用舊形式，加緊創造新形式，是我們新文藝向民族化大眾化發展的必然過程。因為中國民眾知識水準的普遍的落後，也許普及和提高暫時不得不分為兩件工作來進行，在前途上卻是統一的。誰都承認，最高的藝術品也就是最有感人力量的宣傳品。標語口號的文學，目的是為了宣傳，卻因其缺乏藝術性，也就失掉了宣傳力。

但怎樣使二者統一？如何提高和普及呢？一九四二年五月毛澤東在延安文藝座談會發表的類似陝北的文藝政策中也提到了這個問題，在以後的秧歌運動中把它實踐了起來。他主張普及應是向工農兵普及，提高也就是從工農兵提高，而且提高的基礎是從工農兵的現有文化水準與萌芽狀態的文藝的基礎上去提高，是沿著工農兵自己前進的方向去提高。人民要求普及，跟著也就要求提高，要逐年逐月地提高。在這裡普及是人民的普及，提高也是人民的提高。而這種提高不是在空中提高，不是關門提高，而是在普及基礎上的提高。這種提高為普及所決定，同時又給普及以指導。所以，在那裡，作品的內容須以政治為第一，作品的形式，須以通俗為第一。一篇作品，要有革命的政治動機，同時又要有普及大眾的藝術效果，而理想的作品是政治與藝術的結合。倘一篇作品有很高的藝術成就而缺乏合格的政治意識，或有很正確的政治意識，而缺乏藝術的效果，都不能算是合格的作品。

中國化與民族形式

如有人說的，凡能夠歷史地認識，中國新文藝從五四以來即一貫地向著民族化和大眾化的大道邁進的人，便可以覺察到，向來一些文藝問題的論爭都是向著一條路，一個目標。每次我們的文藝運動向前開展一步，便離這標的迫近一步。但路向雖清楚了，卻還缺少一塊路牌，目標是望得見了，卻還沒有一個名目。這指路牌，這名目終於在抗戰的第三年出現了，便是「民族形式」。

民族形式的論爭是抗戰文藝中的一件大事，其目的和文化的民族形式一樣，是要將人類的進步的文藝按照我們民族的特點來應用。要注重中國作風與中國氣派。要在民族現實生活的反映中表現出這作風和氣派，並不是求什麼固有的抽象的作風和氣派。在討論的中間曾被某一部分人僅從字面上去瞭解它，以為只有章回小說、舊劇、鼓詞、小調等舊形式或民間形式才是民族形式，而主張民間形式為民族形式的中心源泉。論戰於是在中心文壇的重慶展開了。對於什麼是民族形式的中心源泉這問題主要的有四種主張：一種以為是五四以來的新文藝；一種以為是西洋的進步的藝術思想與技術；一種以為是民間形式；一種以為是生活和語言。討論了幾個月，問題終於結束了，胡風在《論民族形式問題的提出和爭點及實踐意義》中把各派的主張都作了否定的批判。他的主張卻接著在中國文化上也被作了一次批判。

和中心文壇同時討論這問題的，還有香港、桂林和西北文壇。重慶中心文壇於一九四〇年將問題結束，出了一本《民族形式討論集》，以後便沒有人再發表什麼意見。其他的幾處也隨著沉寂了下去。只有西北文壇還在繼續討論，將胡風的意見作為過左的新偏向而加以批判。指出他「把舊文藝和『民間文藝』，看作抽象的『舊形式』和『民間形式』」是不科學的。說「『世界觀』只為最進步的階級所掌握」，也是一個大的偏向。

民族形式的討論是有很大的成果的，如有人指出的，它不但批判了「民間形式中心源泉」說，還連帶著批判了幾種對於五四以來新文藝發展的不正確的看法；不但指出了創造民族形式的正確道路，也再度闡明了正確的世界觀是幫助作家能夠深切透視民族生活並與人民大眾情感合抱的一枚鑰匙；不但糾正了那些專從「形式」二字來立論的狹窄而機械的觀點，並且也指出了新文藝的「普及」與「提高」將有賴於民族形式的完成。所以民族形式的作用：第一，它排斥了空洞的調頭，排斥教條，排斥洋八股；第二，它清算了小說上的標語口號化，革命的尾巴，腦子裡空想出來的「主題的積極性」；戲劇上的以演外國戲扮外國人為得意，認為穿中國衣服不好做戲，和知識份子的趣味主意，以及日本兵漢奸游擊隊的公式；詩歌上的十四行，繪圖雕刻上的把中國人弄成像外國人。

怎樣才能創造出民族形式呢？雖然沒定出什麼方案來——文壇上是永不會有什麼方案的，可是這以後的作品顯然已受了這次討論的影響。茅盾在一篇文章裡曾指出，要正確地理解怎樣創造民族形式，必先對下列三題有正確的認識：

第一，五四以來的新文藝一向就是朝著民族化和大眾化的方向走的，就是朝著民族形式的方向。民族文學遺產的優秀傳統，我們要接受而學習，世界文學的優秀傳統，我們也要接受而學習：這本是新文藝一貫的精神，其間雖因種種不正確傾向的發現而執行了理論的鬥爭，但新文藝這種歷史的路向始終不曾偏斜。三十五六年來的一切理論鬥爭都是有歷史性的，都是螺旋式向前發展著的，決無重複和倒退，如有些人的看法。

第二，文藝形式與內容的問題決非對立，亦不可能分離。形式不得不為內容所決定。又所謂形式，除了作品的體制，語彙，文章組織等等技巧方面的成分而外，其他高級的形象的成分，其實是不能從內容分離或被抽出來單獨處理的。因此，我們不能想像一個作家未能深刻透視人民大眾的生活，未能瞭解他們到聽了笑聲知道是什麼意思的程度，而能創造出什麼「民族形式」了，那也是很大的誤解。再說，要能深刻透視人民大眾的生活，意識情感，也不是僅僅和他們接近，或更進而生活在他們中間就行了；如果對於我們民族求生存求發展求獨立自由之歷史使命沒有正確的認識，如果對於人類求進步到合理世界的奮鬥的過程毫無所知，那麼，即使和人民大眾生活在一處，恐怕還是不能有所真知灼見罷？

第三，視野最廣闊，觀察最深刻的作品，也就是最能普及的作品，換句話說，也就是做到了「雅俗共賞」。不能使「雅俗共賞」的「民族形式」也是不可想像的。但是怎樣才能做到雅俗共賞呢？這不是單純的形式問題。從形式上能夠做到的，是雅俗共「讀」，而不是「賞」。要做到「共賞」就必須表現生活的整體，而不是片面；人生現實是光明與黑暗交錯的，生活的每一角莫不是光明與黑暗交錯著的，單寫了光明不現實，單寫了黑暗面，也不現實；光明多於黑暗的場合如果強調了黑暗，即為不現實，正和黑暗多於光明的場合如果強調了光明同樣的不現實。生活的整體就是這樣的意思。

世界觀與創作方法

從一九四〇年冬便發生了世界觀與創作方法的論辯，也就是對於新現實主義的基本的理解的問題的辯論。有人以為現實主義即等於純客觀的寫實主義，也有人將它作為主觀的理想主義。這種將世界觀與創作方法割裂開來理解的方式自然都是錯誤的。因為無論在什麼時代，現實主義並不等於客觀主義，並不止於反映靜止的客觀現象，而是結合著作家主觀的感性與社會客觀的理性相一致的產物。科學的世界觀是幫助作家認識現實，掘發現實的方法，因單憑感覺的認識來反映客觀世界，並不能正確地創造藝術形象，描寫現實。從感覺開始到思維終止的認識過程，是社會人的認識之統一的過程。如果將感覺從思維概念判斷推理等等分離開來，是不成的。但同樣的，脫離了生活實體而單把握了科學的世界觀，也只能是架在空中的樓閣。

如有人指出的，我們曾看到很多的實例，這些實例告訴我們，這些作家沒有在創作小說，而是在複寫故事。因為我們雖然也看到了一些新鮮的故事，這些故事也許是作者親自聽來的，也許就是作者親眼看見的，但是這些故事並沒有通過作者的思維，沒有經過作者的消化，只是重新從作者的筆底下把這個故事還原了。雖然這是現實中的真正故事，卻絕不能稱為用現實主義的創作方法創作出的現實主義的作品。和這正相反地，完全脫離了現實，只憑著科學的世界觀，也創造不出什麼，因為那只是一種認識和思維的手法。

歷史上凡被稱為進步的或革命的民主主義作家，必然不是為了他的現實的手法，主要是因了他的變革現實的戰鬥精神。也就是說，作家要組織生活，創造生活，不能單純地描寫生活現象，要正確地描寫生活的本質。高爾基的主張是對的，他說：「我們的藝術必須不使人物脫離現實，而站得比現實更高，以便將人物提高在現實之上。」比現實更高，這就是說不要純粹客觀地描寫現實，而要經過作家的世界觀的認識，創造。

有人曾批評說，所以作品「差不多」的緣故，就是因為作家不敢脫離現實的緣故，也就是「太熱衷於抗戰」的緣故。這說法只對了一半，因為他不懂得不脫離現實是也可以寫出非公式主義，非差不多的作品的。那並不是跳出抗戰的圈子，冷靜地觀察，而是要更向內面跨進一步，走進事件的裡面，把握生活的本質，那才會產生現實的本質的和提高在現實以上的東西。不然便只是站在外面的事物的皮相的觀察，不是陷在公式主義中，便是陷在客觀主義中。

民主與文藝

從歷史上看，每種新的文藝運動必根源於一種新的思想運動，而同時又為其先驅。中國的新文藝運動發源於五四，而五四運動的口號是民主與科學。所以中國新文藝的傳統精神便是為民主而奮鬥。從新文藝的最初的成果，《狂人日記》的反對人吃人，到目前的以反法西斯為內容的抗戰文藝，都是沿著這一條路線發展下來的。不過時間到一九四五年，民主的高潮在世界高漲，文藝要求民主的聲音乃更響亮地高呼了出來。

在廣大的群眾齊聲要求民主的時代，反民主的聲音是仍然存在的，但卻戰戰抖抖，躲躲閃閃，微弱得幾乎聽不清了。它不敢公然打出反對的旗子，囁囁嚅嚅地說：「自由太多。」那些手裡握有繩索刀槍的頑固分子為了想維持本身已陷於動搖的利益，也在時刻企圖捆住作家的嘴，砍斷作家的手，叫他這麼說，不要他那麼說：但這些已全歸徒然了。

作品的力量是作家的信念所產生的，作家有堅定的信念，才會產生有力量的作品。作家要自由呼吸，自由寫作，要說他願說的話。如有人想強以自己的主張，代替作家的主張，那便等於使作家窒息，一句話不說。若作家想勉強遷就迎合，他將只能寫出極膚淺的東西，或索性擱筆不寫。他的作品也就既沒有生命，也沒有力量。等於毀壞了他整個的前途。因此，大多數作家都不願拋棄自己的信念，都不願做別人的傳聲筒，都願意自己有生命有光輝。歷史已經證明，無論什麼方法是束縛不住人的口與手的。

日本法西斯蒂在漢口防範人民的毒刑最慘了，有水牢火牢，但結果失敗的不是被刑的中國人民，而是日本法西斯蒂自己，廣大的中國人民是無法殺盡的。伽利略當老年時，在異教徒裁判所裡受到審判，強迫他取消自己發見的地動說，但他卻喃喃地自語說，「然而其動如故。」頑固的教會統治能夠使地動的真理卻步，但不能使地不動。同樣的，馬可・波羅在臨死時被迫著取消他在遊記中所述說的一切，雖然遭到苦難，他卻堅決地拒絕了。作家在沒有民主沒有自由的國度裡也和伽利略、馬可・波羅一樣，是要受盡苦惱的，但時代是無可抗拒地向著民主的坦途邁進，今天在中國的土地上也終於喊出壓倒一切聲音的民主的呼聲了。

依賴了民主，依賴了自由，中國的新文藝才能夠結出肥大的果實。幾年來，我們大多數作家都在苦悶和憂鬱中過日子，作品受到種種限制與摧殘，終日渴望著，企求著新的光明的到來。倘再沒有言論自由，沒有民主，一切文藝都會枯萎而死。幸而如今世界已興起民主的大潮，不容許我們中國再成為其中的逆流了。試看在民主運動的高潮中文藝民主的浪花已激揚得最高。在中國近代史上，像今天這樣絕大多數的知識份子，強烈地，一致地要求政治上的民主和自由，是空前的。故絕大多數的作家們的走向積極的，健康的爭取民主的道路也是有它歷史的必要性的。

後記

在抗戰中，一切均以驚人的速度前進，八年中所走的幾乎是過去幾十年的路程。文藝的成就，自然也是同樣的情形。惟以過去文藝中心城市的相繼淪陷，中心文壇的移動，文藝中心由集中而分散，以及交通不便等等許多原因，這一階段的抗戰文藝史資料最容易失散，最難以保存，這是關心文藝史的一個遺憾。

寫這本小冊子的目的便是企圖彌補一部分缺陷，保存一部分史料，使它不至全部失散。自然，這目的究竟達到了怎樣的程度，自己是不敢斷言的，因為限於手中的資料，限於篇幅，更難免掛一漏萬，那末，它的意義也許被減低到最低限度了吧？

可是，在沒有一本更完善的抗戰文藝史以前，在這重大的任務沒有更能勝任者負荷起來以前，它的出版那就不能說全沒有意義了。因為它究竟負擔起了一部分責任，雖然簡略，抗戰文藝前進的路向，究竟在這裡畫出了一個輪廓——為了使這輪廓不至失真，在寫作時我力避發抒自己的主張，儘量引用了各家的意見。我想，使它不陷於偏頗，這麼做是對的。

一九四六年十月九日

附錄一 《中國抗戰文藝史》修訂再版後記

這本書是於抗戰烽火中寫成的。那時寫的動機是由於當時的戰爭環境瞬息萬變，不僅不時遇上轟炸，而且不斷地遷徙，書籍材料積累既難，保存尤難，因此就將見到的材料隨時收集了起來，也隨時作了一些簡單的記錄，於一九四四年夏匆匆完成了初稿，當時是想再陸續加以修改補充，最後到抗戰結束後續補上那一段的內容，然後出版，目的是作為資料供史學家修抗戰期間文藝史參考。但這兩種想法均未能實現，修改補充，勉強說，只關於報告文學的那一章初步做了些修改工作並在當時《天下文章》中發表了。其餘各章就因為別的事情的忙碌，沒繼續修改下去。接著是一九四五年抗日戰爭勝利，那就更難以修改了，我是一九四六年秋才輾轉從重慶到的上海。那時，學校裡講中國文學史還是從詩經講到「五四」文學革命就結束，新文學的內容是不講的，但朋友中頗有幾人認為這段時間資料留存得少，既然搜集這些材料費了一定的時間和力量，還是儘早印了出來為是，印出來是為了免得失散。我的考慮是這僅是一個初稿，還待修改、補充、潤色，才可出版，這自然得費一定的時間，友人則主張還是以先印出來為是，形勢變化是很難估計的，於是一九四七年初在上海出版了，承日本波多野太郎教授注意了它，譯為日文，於一九四九年由日本評論社出版了。在國內沒引起什麼反響，倒是波多野太郎的日譯本頗起了些影響。一九八一年冬為參加香港中文大學主辦的中國四十年代文學研討會，我到香港去，承三聯書店香港分店殷勤招待，並為我們組織了和讀者會見的安排，許多青年讀者都帶了書來找作者簽名，在那次我發現了這本書至少有兩種盜印本，有一種封面是另行設計的。因此，我就問起了這書的銷行問題，一位老者告訴我，盜印書都是銷售好的書，連問都不需問。這樣說來，這書在日本、在香港，都是銷行較好的書，但我並沒因此改變我對它的看法，我一直認為這是一個半成品，若銷行好，也是因為這類書中還沒有好的出版，那就只好任這本不像樣子的東西流行了。記得建國以後，增設了中國現代文學史課，教育部委託幾個學校擬訂了教學大綱，在教學大綱中也規定了這本書是抗戰一階段的參考書，那自然也是還沒有第二本出版，那就只好由它來承乏了。當時這本書找起來頗費力，有的友人就向我建議，把它翻印一下，有出版社是願意印的。當時原紙型在我手中，印起來是頗為方便的，但我沒有那樣做，因為我不願那樣做。

一九七六年粉碎「四人幫」，撥亂反正，在全國範圍內文化教育又逐步繁榮發展起來，學術討論會、教材編審會紛紛在各地舉行，只各校合編的中國現代文學史就有十幾或二十來種了。這類會議多了，同行們見面的機會也就多了，就又有人談到這本書的問題。主要的一個意見是目前需要，這次我被說服了，我考慮如何修改。還有一個問題迫使我要修改，就是《中國報告文學叢書》第一輯第一冊《序言》中提到的那個問題，《關於上海事變與報告文學》的內容究竟包括些什麼的問題。我翻了幾部過去的中國現代文學史，幾乎凡提到這個問題的文字的敘述完全相同，事實的錯誤也完全一樣，初時我很是迷惑不解，為什麼錯得這麼相同呢？是互引的罷，既沒有說明，也沒有引號。最後我發現了，這錯誤完全發生在我這本書的《長足進展的報告文學》一章，我是引用的以群的一段話，既有引號，又有出處，可所見到的幾位轉引者都是既將引號去了，又將出處也去了，這就成了自己的話了，本來別人是可以不負責任的，但我總覺得不能推辭始作俑者的責任，還是有機會就聲明一句的好，最徹底的辦法是改正過來，這就是在《中國報告文學叢書》第一輯第一冊我不惜辭費說那些話的原因，也是又決定增訂這本書的原因之一。

這樣，一九七九或八〇年就決定增訂了，但每翻閱一次，就又拋下了。即感到工程太大，所有積存的資料又完全丟失，幾乎無從著手了。

大概是一九八二年春，又有人給我出主意：只將錯的改正過來，並將一九四四年約計半年一九四五年抗日戰爭結束以前的內容補上，這好像很容易了，但每章的缺漏總該補一下，於是苗可同志幫我查了一些材料，主要的是最後一年半的一些應補入的作品和事件。每章的缺漏是查起來更費勁的。這樣，我又拖了下來。一九八二年過去了，出版社好像很關心這件事，知道我增訂一拖再拖，怕一九八三年仍沒有什麼把握，於是代我找了朱德發同志代為修改。我同朱德發同志談了我的設想，一種辦法是補缺補漏，一種辦法是重寫，那就是大改。既然由他代改，那就怎樣改都可以，由他確定好了，由他自己找一個適當的辦法。

就這樣，全部增訂稿很快地出來了，朱德發同志很客氣地要我看一遍。寫文章每個人都有自己的風格，對於任何事物每個人都有自己的看法，這看法不一定盡異，可肯定是不會盡同的。在這種情況下，我自然應當盡可能地尊重增訂稿的風格和看法，可也不能放棄自己的風格和看法，這就對某些章節不能不有所變動了。這改動有的就多些，有的就少些，例如第二章文藝發展回顧的一些問題改動就大些，許多問題都有了傳統的一致的看法，是不應該脫離那軌跡的；第五章，我只增加了早期一些報人、名記者、名專欄記者的材料，他們的功績是不該抹煞的。在第九章關於《講話》的一些論點，是取之於我闡述《講話》在中國現代文學發展上的作用的一篇文章的材料，我考慮這段增訂時也是想使用這材料的，很難為朱德發同志注意到了這篇文章，以本人的新的觀點充實他的舊的觀點，這是極為奇妙的，極為得人心的，也是最適宜的辦法，不能不說這是妙筆。自然，我並不是說我的看法對，而是說他下筆是儘量遷就了我，費了些心思的。

無論怎樣說，這是兩人共同的東西了，這個勞動是該感謝的。就字數說比增訂前增加了約計一倍或者略多些。現在將它呈獻給讀者，下一步該怎麼辦，由讀者決定罷，因書籍一出版便是讀者的了。

一九八四年二月十日　泉城

附錄二　田仲濟傳略

楊洪承

田仲濟先生（一九〇七年～二〇〇二年）出生於山東濰縣（今濰坊市）一個沒落的家庭中。父親原是塾師，善良文弱；母親高氏，賢慧慈愛。一九二二年，田仲濟小學畢業，入本縣教會創辦的文華中學，各學科中對數學最感興趣。一九二六年轉入濟南商業專門學校。受當時社會思潮影響，他的興趣轉向社會科學和文學。一九二九年，又轉學到上海，考入中國公學社會科學院政治經濟系。在這所學校學習期間，開始嘗試文學創作，並受到當時蔣光慈、錢杏邨的「革命文學」影響，對社會的弊端，世態的炎涼，多有人生與文學的思考。在喜愛雜文寫作的同時，他還受當時《太陽月刊》以及其他一些文學期刊的鼓動。田仲濟將相當一部分精力投入了文學期刊的編輯工作。一九二九年他在青島時創辦《野光》文學週刊；一九三一年又新辦《處女地》文學週刊；一九三二年與友人組織青年文化社，在濟南創辦《青年文化》月刊，後改為半月刊，直至一九三六年在上海停刊。抗戰爆發後，他在西安創辦《報告》半月刊，主要發表通訊、報導，僅出兩期。一九四四年他與陳紀瑩、姚雪垠在重慶組織「微波」社，合辦《微波》月刊。該月刊上，茅盾、臧克家、袁水拍、聶紺弩等都有作品發表。

這期間，田仲濟在重慶教書之餘，一是與友人合辦出版社，編輯出版了《東方文藝叢書》共十冊，其中就有郭沫若、臧克家、沙汀、劉白羽等作家的作品集；一是他雜文創作的豐收期，先後結集出版的有《情虛集》、《發微集》、《夜間相》等集，尚有近百篇雜文散見於當時的報刊。這些雜文立體的、多側面地勾畫出抗戰時期國統區整個社會的醜惡面貌。這些雜文也以對現實的敏銳觀察，社會的深刻批判，歷史文化的自覺反思，以及樸實、含蓄、挺拔、幽默的創作風格與嚴謹、探理、清朗、抒情的學術品格，為田仲濟的雜文在四〇年代文壇贏得了聲譽。其中《情虛集》由郭沫若作序推崇，更有廣泛的影響。

抗戰期間田仲濟還完成了我國第一部現代文學的斷代史《中國抗戰文藝史》，一九四四年寫完初稿，一九四七年以筆名藍海由上海現代出版社出版，很快被日本漢學家波多太郎教授譯成日文，於一九四九年由日本評論社出版。此書後在港、台有多種盜版本。這部專著誠如作者所言，做了戰時收集史料的「有心人」。他對大時代文藝特點和文學發展的評述，首次勾勒出抗戰文藝的輪廓。該著既具有珍貴的史料價值，又有較高的學術價值，對現代文學史的編纂也有開拓性。由此，這也確立了田仲濟成為一位學者型的作家，及中國現代文學研究的最早史學家之一的地位。作為學者的研究性成果，在四〇年代，田仲濟先後出版過《新型文藝教程》（一九四〇年）、《雜文的藝術與修養》（一九四三年）、《小說的創作與鑒賞》

（一九四三年）、《作文修辭講話》（一九四七年）等理論著作。這些論著在普及文藝理論和寫作知識方面頗有影響，又奠定了他在學術界的文藝理論家的地位。

四〇年代末，田仲濟在上海音樂學院任教，講授文藝理論課程。中共建國後，從上海回到山東濟南，調入齊魯大學中文系任教授兼主任。一九五二年全國院系調整，又調山東師範學院（現為山東師範大學）任教授兼副教務長，院務委員會副主任、副院長，校學術委員會、學位委員會副主任，副校長等職務，直到一九八六年退休。這期間，他除了行政工作外，給中文系學生開設文藝理論課程，並主要致力於中國現代文學史研究與教學。早在一九五四年，他就接受教育部委託，招收現代文學研究生班和在職青年教師現代文學進修班各一屆，培養學生二十餘人。一九七八年起招收首屆攻讀碩士學位研究生，十年裡共畢業學生近五十人，可謂桃李滿天下。他最早倡議建立全國現代文學研究會和山東中國現代文學學會，為中國現代文學學科建設和培養高層次科研人才付出了自己畢生的精力。

建國後在教學和各種工作繁忙的歲月裡，田仲濟筆耕不輟，創作了大量散文、隨筆、雜文等作品，一九五七年出版《微痕集》雜文集，一九九二年山東文藝出版社出版《田仲濟雜文集》五十餘萬字，還有山東教育出版社出版的《田仲濟序跋集》等，進一步發揚和延續了「魯迅風」雜文的精神，為繁榮社會主義文藝創作做出了自己的貢獻。他的學術研究方面，著述頗豐，影響甚廣，《五四新文學運動的精神》（一九五九年）、《文學評論集》（一九八〇年）等；另主編《中國現代文學史》、《中國現代小說史》、《王統照文集》（六卷本）、《中國新文藝大系散文雜文卷一九三七——一九四九年》等，對現代報告文學的發生發展的評判，對茅盾、老舍、王統照、郁達夫、冰心等現代作家研究均有自己獨到的見解，尤其在倡導中國現代文學史和小說、詩歌、散文等分類史的編纂研究方面開風氣之先，對推動中國現代文學史的系統研究產生了積極影響。

田仲濟的主要社會兼職有山東文化教育委員會委員、世界保衛和平反對侵略委員會山東分會宣傳部部長、中蘇友好協會山東分會宣傳部副部長、中國作家協會山東分會副主席、山東省文學藝術聯合會副主席等。在學術團體兼職有中國現代文學研究會副會長、顧問，中國解放區文學研究會會長，山東省中國現代文學研究會會長等。

附錄三《中國抗戰文藝史》與抗戰時期的田仲濟

趙普光

一九四五年夏，重慶。天氣悶熱難耐。上空依稀聽見轟炸機的爆炸聲和刺耳的警報聲。一位帶著深度近視鏡身材高大的年輕人正伏案在一遝稿紙上寫下「中國抗戰文藝史」幾個大字……

這位年輕人就是抗戰時期重慶頗有名氣的雜文作家，後來成為中國現代文學學科開創者之一的田仲濟先生。那一年他三十八歲。當時的他並沒有意識到，六十年前的這個場景，對於中國現代文學研究具有著重要的意義。一九四六年的夏天，田仲濟先生攜《中國抗戰文藝史》的稿本返滬。一九四七年九月，是稿作為「現代文藝叢書」由現代出版社出版，署名藍海。

田仲濟先生所撰《中國抗戰文藝史》是我國第一部現代文學斷代史，也是研究中國抗戰文藝發展的必備專著。是著為三十二開本，凡一百六十六頁，約八萬字。一九四九年又被譯成日文，由日本評論社出版。此書章節依次為：一、緒論；二、新文藝發展的路向；三、抗戰文藝的動態和動向；四、通俗文藝與新型文藝；五、長足進展的報告文學；六、在生長中的小說；七、戲劇的高潮；八、在建立途中的詩歌；九、文藝理論的發展；十、後記。

這部書雖僅有八萬字，內容稍顯簡略，但填補了抗戰時期文學史研究的空白。它從文學運動、文學現象、文學體裁、文學流派發展概況等方面論述了抗戰文藝的歷程，具有極為珍貴的史料價值和較強的學術價值，在現代文學研究和現代文學史學中佔有重要的地位。本書的寫作顯示了田仲濟先生敏銳的學術眼光和超凡的學術膽識。田仲濟先生敏銳地認識到，在抗戰中一切以驚人的速度前進，八年中所走的幾乎是過去幾十年的路程，文藝自然也是同樣的情形。但是由於「文藝中心城市的相繼淪陷，中心文壇的移動，文藝中心由集中而分散。以及交通不便等等許多原因，這一階段的抗戰文藝史料最容易失散，最難以保存，這是關心文藝史的一個遺憾。寫這本小冊子的目的便是企圖彌補一部分缺陷，保存一部分史料，使它不至全部失散。」由於從二〇年代末開始，田仲濟先生就投身新文學的運動中，並對中國現代文學及抗戰期間文藝發展有著深切的體會和把握，所以《中國抗戰文藝史》的寫作保存了許多活生生的歷史資料。

《中國抗戰文藝史》的突出價值更在於在大量的史料基礎上概括出了史的形態。與此前其他學者所著數部近於資料長編的文學史不同，田先生以史家的眼光和筆法為抗戰文藝前進的路向畫了一個輪廓，「為了使這輪廓不至失真，在寫作時我力避發抒自己的主張，儘量引用了各家的意見。」這就為以後中國現代文學史的寫作提供了範本，意義深遠。

在此之前，抗戰期間的田仲濟先生撰寫出了論著《新型文藝教程》（華中圖書公司一九四〇年初版）在學界產生了較大的影響。在序言中，文藝理論家李何林稱讚是著「給學術思想的通俗化工作開闢了一個新途徑」，「至於把這種文藝的『新型』及其創作方法，總起來做一系統的簡明的介紹，成為一本書，在中國出版界還是第一次。」一九四三年他出版了專著《雜文的藝術與修養》。

田仲濟先生還是現代著名雜文家。他從二十世紀三〇年代起就活躍在文壇，抗戰期間是其雜文創作高峰期。當代有學者就認為：「四〇年代雜文名家中，上海有唐弢，延安有徐懋庸，桂林有聶紺弩，重慶就是田仲濟了。」戰爭使得田仲濟對歷史的思索更為深入，也更激發了他的戰鬥精神。這一時期先後結集出版有《情虛集》（東方書社一九四三年初版）、《發微集》（重慶建中出版社一九四四年初版）、《夜間相》（重慶明天出版社一九四六年初版）。對於自己的雜文寫作的立意，田仲濟先生在他的雜文集的後記或前言中有著說明，對於《發微集》，「名為『發微』……微，可解為精微或細微，說精微深到，見人所未見，我沒能做到，只不過揭示出了一些別人或是不屑注意的地方，所以我是只取用第二義的。」對於《夜間相》，他說：「名為『夜間』……我不是在愁漫漫長夜何時旦，因為勝利已在望了，而是想將勝利前夜的景景色色，給它留下一個淡淡的影子。」所以，縱觀田先生的雜文往往以社會的一鱗一爪合起來反映這個時代的風貌，通過選取歷史的細微之處，記錄大時代的真實面影。這一時期寫的大批雜文如《奴才》、《阿Q與鴕鳥》、《東方的貝當》、《戰時如平時》、《酷刑》、《「長命富貴」》等，有對抗戰中的民族敗類的針砭，有對國民性的深入解剖，有對國統期黑暗的暴露，均顯示出「深沉的文化批判，自覺的歷史反思」。

田仲濟先生的雜文研究是與其雜文創作是同時進行的，形成了自己創作與理論並進、相得益彰的獨特風格。在二十世紀，田先生對魯迅雜文的研究，獨樹一幟。他曾經說：「學習魯迅，並不是只求其表面的相似……要學的是那『獨立的觀察和分析能力』，並且更要擴大這能力。這需要靠思想的深度的追求，生活能量的吸收，而最重要的，是在我們的心腦中對於現實的深刻的愛和憎的感受。」這一論述在田仲濟先生的《臭蟲》、《尋嬰》、《不同的孩子》、《文人末路》、《螟蛉》等雜文中得到了最好的體現。

從上個世紀二〇年代末開始，田仲濟就創辦編輯報刊。抗戰期間，特別是移居重慶後，他更是致力於出版事業。一九四二年七月，田仲濟先生與沉櫻、姚雪垠等創辦現代出版社，並主編現代文藝叢書。先後出版有姚雪垠《新苗》、田仲濟《新型文藝教程》、臧克家《十年詩選》等。旋即田仲濟先生應東方書社之邀任該社編輯主任，與臧克家、葉以群共同編輯東方文藝叢書，陸續出版了臧克家、郭沫若、沙汀、馮亦代等人的新著。一九四四年田仲濟先生與姚雪垠、陳紀瀅組織了微波社，創辦大型文學月刊《微波》（建中出版社出版）。該刊十六開本，內容包括小說、散文、雜文、短評、詩歌等。由於田仲濟積極籌稿，茅盾、臧克家、聶紺弩、以群等名家不斷有作品發表在該刊上。一九四六年，抗戰勝利，內戰在即，重慶文化界進步人士反內戰、反獨裁、爭取民主和平的呼聲高漲。是年一月，田仲濟作為現代出版社和自強出版社的負責人，參與了生活書店、開明書店、文化生活出版社、世界書局等三十五家出版單位對國事的磋商活動。一九四八年夏，田仲濟先生隻身離渝赴滬，旋現代出版社也遷至上海，繼續經營至建國後轉任齊魯大學教授止。

在那多災多難的戰亂年代裡，人如浮萍般飄蕩不定。而如果一個人能在風雨如晦中發出光芒去照亮哪怕一小片的黑暗，就已屬不易。更何況田仲濟先生在抗戰期間，以一個知識份子良知把最大的憎恨擲向「那些不顧民族國家、只顧個人利益的暴發戶」，自始至終為推動進步文化事業而竭盡全力，更值得尊敬和永遠紀念。

國家圖書館出版品預行編目

中國抗戰文藝史 / 藍海著.
-- 一版. -- 臺北市 : 秀威資訊科技, 2010.09
面 ; 公分. -- (史地傳記類 ; PC0116)
BOD 版
ISBN 978-986-221-533-3(平裝)

1.中國文學史 2.中日戰爭

820.908　　99012094

史地傳記類　PC0116

中國抗戰文藝史

作　　者 / 藍　海
主　　編 / 蔡登山
發 行 人 / 宋政坤
執行編輯 / 林泰宏
圖文排版 / 鄭伊庭
封面設計 / 蕭玉蘋
數位轉譯 / 徐真玉　沈裕閔
圖書銷售 / 林怡君
法律顧問 / 毛國樑　律師
出版印製 / 秀威資訊科技股份有限公司
台北市內湖區瑞光路 583 巷 25 號 1 樓
電話：02-2657-9211　傳真：02-2657-9106
E-mail：service@showwe.com.tw
經 銷 商 / 紅螞蟻圖書有限公司
台北市內湖區舊宗路二段 121 巷 28、32 號 4 樓
電話：02-2795-3656　傳真：02-2795-4100
http://www.e-redant.com

2010 年 9 月 BOD 一版
定價：230 元

讀　者　回　函　卡

感謝您購買本書，為提升服務品質，煩請填寫以下問卷，收到您的寶貴意見後，我們會仔細收藏記錄並回贈紀念品，謝謝！

1.您購買的書名：______________________

2.您從何得知本書的消息？

☐網路書店　☐部落格　☐資料庫搜尋　☐書訊　☐電子報　☐書店

☐平面媒體　☐ 朋友推薦　☐網站推薦　☐其他__________

3.您對本書的評價：(請填代號　1.非常滿意 2.滿意 3.尚可 4.再改進)

封面設計____　版面編排____　內容____　文/譯筆____　價格____

4.讀完書後您覺得：

☐很有收獲　☐有收獲　☐收獲不多　☐沒收獲

5.您會推薦本書給朋友嗎？

☐會　☐不會，為什麼？______________________________

6.其他寶貴的意見：______________________________

____

____

____

讀者基本資料

姓名：________________　年齡：______　性別：☐女　☐男

聯絡電話：______________　E-mail：________________

地址：______________________________

學歷：☐高中(含)以下　☐高中　☐專科學校　☐大學

☐研究所(含)以上　☐其他______________

職業：☐製造業　☐金融業　☐資訊業　☐軍警　☐傳播業　☐自由業

☐服務業　☐公務員　☐教職　☐學生　☐其他__________

請貼
郵票

To：114

台北市內湖區瑞光路 583 巷 25 號 1 樓

秀威資訊科技股份有限公司　　　收

寄件人姓名：

寄件人地址：□□□

(請沿線對摺寄回,謝謝!)

秀威與 BOD

BOD（Books On Demand）是數位出版的大趨勢，秀威資訊率先運用 POD 數位印刷設備來生產書籍，並提供作者全程數位出版服務，致使書籍產銷零庫存，知識傳承不絕版，目前已開闢以下書系：

一、BOD 學術著作—專業論述的閱讀延伸
二、BOD 個人著作—分享生命的心路歷程
三、BOD 旅遊著作—個人深度旅遊文學創作
四、BOD 大陸學者—大陸專業學者學術出版
五、POD 獨家經銷—數位產製的代發行書籍

BOD 秀威網路書店：www.showwe.com.tw
政府出版品網路書店：www.*gov*books.com.tw

永不絕版的故事・自己寫・永不休止的音符・自己唱